諦めるために逃げたのに、お腹の子ごと溺愛されています

～イタリアでホテル王に見初められた夜～

プロローグ

「えーっと、搭乗ゲートは……」

私はイタリア旅行に行くために、自分が乗る飛行機のゲートを探した。

保安検査と出国検査を無事に通過できたものの、初の一人旅は不安のほうが大きい。

「やっぱり夏帆《かほ》を誘えば良かったかな」

不意に出た弱音にハッとして、頭を左右に振る。

ダメよ、美奈《みな》。海外に行って一皮剥《む》けた自分になるのよ！

「そうよ、あんな男忘れてやるんだから」

見つけた搭乗ゲートを見ながら、恨み言のように呟《つぶや》く。

そう。忘れてやるんだから……

＊＊＊

――パアァァン！

呆然と立ち尽くしていると、部屋の中に小気味よい音が響いてハッとする。親友の夏帆が、ベッドの中で見知らぬ女といる私の恋人――稔《みのる》の横っ面を思いっきり引っ叩いたようだ。

今日は稔とデートの約束をしていた。が、昨日からずっと連絡が取れなかった。電話に出てくれないし、メッセージアプリに既読もつかない。嫌な予感ばかりが脳裏をよぎって、とうとう我慢ができなくなり夏帆に泣きつくと、稔の部屋まで一緒に様子を見にいこうと言ってくれたのだ。そして来てみれば、案の定彼は見知らぬ女と裸で寝ていた。

最近、お互い仕事が忙しくて会えていなかったから、久しぶりのデートをすごく楽しみにしていたのに。それなのに、また浮気をしていたなんて……

心の中にゆっくりと絶望が広がっていく。

「夏帆……。もういい。もういいわ」

「何を言ってるのよ、美奈！　あんたも殴ってやればいいわ、こんな男」

私以上に憤慨している親友の手を引っ張る。稔の隣では、裸の女が布団で体を隠しながら口元を手で覆って驚いていた。私とは違う明るい茶色の巻き髪のとても綺麗な、そして派手な女性《ひと》。彼はこういう女性が好みだったのかと、ぼんやり見つめた。

彼の部屋で浮気相手とご対面なんて情けなさすぎて、殴る気にもなれない。いっそ笑い飛ばしでもすればいいのだろうか。

それに、稔の浮気は何もこれが初めてじゃない。付き合って二年。何度裏切られたか……。そのたびに彼は「魔が差したんだ」と言って頭を下げるのだ。

夏帆は稔の悪癖を知っていて、それでも私が不安にならないようにずっと励ましてくれていた。今日だって「きっと大丈夫よ。風邪で倒れているだけかも。ほら、様子見に行ってあげようよ」と言って、なかなか勇気の出ない私についてきてくれたのだ。そんな優しい彼女に手まで上げさせたのだ。ここで稔を許したら女が廃《すた》るというもの。

「こんな男、殴る価値もないわよ……」

二人をキッと睨《にら》みつける。

言いたいことは山程あるが、きっとそれをぶつけたら泣いてしまうだろう。そんなの浮気相手の手に覆われた唇が驚きから嘲《あざけ》りに変わるだけだ。

それだけは……それだけは嫌だ。

言葉と一緒にこぼれてしまいそうな涙を呑み込んで、唇をキュッと引き締めた。すると、稔は悪びれもせずにベッドから降りて近づいてくる。私たちに言い逃れのできない現場を見られたことも、夏帆にぶたれたこともまったく気にしていないのだろう。稔はまた私が許すと思っているかのように笑っている。そして両手を合わせて謝ってきた。

「美奈、ごめんな。彼女、すげぇ積極的でさ。次こそはもう絶対にしないから……！」

自分のしたことを微塵《みじん》も悪いと思っていない——私を軽んじているのが分かる彼の態度に嘆息《たんそく》した。

——私、何でこんな人を好きになったんだろう……

呆れた目で稔を見つめると、小首を傾げて私を見つめ返してくる。その表情が何とも言えないくらい苛立ちを誘った。

きっと彼は、私が「もうしないでね」と言ったら、抱き締めてくるんだろう。そして「俺が本当に好きなのは美奈なんだ。だから、仲直りしよう」と言うのだ。そんなやり取りはこの二年でやり尽くした。毎度毎度、同じことの繰り返し。反省もしないし、隠す気もない。

正直なところ、こんなことを繰り返されても変わらずに好きでいられるような忍耐力は持ち合わせていない。稔への恋心なんて、とうに色褪《いろあ》せている。残っているのは過去の思い出と情だけだ。

そんな不毛な感情とも今日でお別れよ。

私は手を伸ばして私に触ろうとしてくる稔の手を払いのけて、きつい眼差しで睨《にら》みつけた。

「もう稔とは別れるわ！　あなたなんて大嫌い！」

そう言い放つと、隣にいた夏帆が手を叩いて「よく言ったわ」と嬉しそうな声を上げる。稔は私の拒絶を予想もしていなかったのだろう。ただひたすらに呆然としている。私はその場に立ち尽くす稔に彼の部屋の合鍵を突き返した。すると、受け取ってもらえなかった鍵がガチャンと派手な音を立てて床に落ちる。

「もういらないから返すわ。あと、この部屋にある私のものはすべて処分しておいて」

「え？　美奈？　マジで言ってる？」

「当たり前よ。こんなこと冗談では言えないわ。さようなら。二度と私の前に顔を見せないで」

私がそう言うと、稔の顔がみるみるうちに蒼白になっていく。私はそんな彼の顔を一瞥《いちべつ》して、夏帆の手を引き、もう今後訪れることもないであろう部屋を飛び出した。


「ふっ、うぅ……ひっ、く」

彼の部屋を飛び出した途端、涙が止めどなくあふれてくる。すると、夏帆が抱き締めてくれた。

「美奈。あなたはとても素敵な女性よ。あんな節操なしにはもったいないわ。だから、これで良かったのよ。今日はすごく頑張ったね」

「ごめんなさっ……、ううん、ありがとう」

私は慰めてくれる夏帆と手を繋ぎながら、稔のマンションをあとにした。稔が好きだと言った長い黒髪が、涙の止まらない私の頬に纏《まと》わりつく。

「髪、染めようかな……」

あの女性《ひと》はとても明るい茶髪だった。稔に未練があるわけではないが、気分転換に茶髪にしてみてもいい気がしたのだ。何より彼が好きだと言った黒髪のままでいたくなかった。

「気分転換になっていいんじゃない？　何なら、ベタだけど髪も切っちゃえば？　今、腰くらいまであるし……」

「そうね。最近この長さで黒髪ストレートはちょっと重く感じると思っていたの。夏帆と同じ焦げ茶にして、胸くらいまで切ろうかなぁ」

「嫌だ。私のは焦げ茶じゃなくココアブラウンよ」

「……何が違うの？」

焦げ茶とココアブラウンの違いが分からず首を傾げる。いつのまにか涙は止まっていた。

「詳しいことは美容師さんに相談すればいいわ。ほら、予約入れて」

夏帆がそう急かすから、私はスマートフォンで、私たちの行きつけのヘアサロンの予約を取った。

＊＊＊

「わぁ！　すごい！」

「こんなに短くなったの初めてだし、やっぱり雰囲気変わるね。うん、とてもよく似合ってる」

「ありがとうございます」

鏡の前で夏帆の言うココアブラウン色になった髪を見つめる。胸くらいまでの長さになったストレートの髪がふわりと揺れた。

長すぎた髪をばっさり切って、髪に色を入れたのは正解だった。髪も心も、とても軽くなる。

「でも、本当に良かったよ。正直、すごく心配してたんだ。別れて正解だね。美奈ちゃん、明るいいい子だから、すぐにいい人が見つかるよ」

「そうでしょうか……」

「うん。気分転換に旅行でも行ってみたら？　もうすぐお盆休みなんだよね？　新しい出会いがあるかもしれないよ」

そう言ってウインクした美容師の一ノ瀬《いちのせ》さんの背中を叩く。

「もう。そんな簡単に出会いなんて落ちてませんよ。それに、恋はしばらくいいかなぁ。今は一人の時間を楽しみたいです」

稔と付き合っている時は、彼の部屋の掃除をしなければならなかった。それに毎日お弁当を作ってほしいと頼まれていたので、せっせと早起きしては彼の会社の近くで待ち合わせして渡していたのだ。それがなくなっただけでも、すごく楽だ。もう早起きする必要がないし、彼の部屋の掃除をする必要もない。その時間を使って、何かを始めてみてもいいかもしれない。

「それなら尚更、旅行はおすすめだよ。いつもと違う場所で羽を伸ばしたら、きっと嫌なことも全部どこかに飛んでいくよ」

「ありがとうございます。そうします」

「目一杯楽しんで」

微笑んでペコリと頭を下げると、一ノ瀬さんが微笑み返してくれる。

私はその足で、ガイドブックを探すために本屋へ向かった。

うーん。せっかく行くなら海外がいいかしら。

日本との違いをこの目で見れば、一気に視野が広がり今後の自分を変えるきっかけになるかもしれない。たくさんの国のガイドブックが並ぶ棚を見ながら、私はまだ見ぬ地へ思いを馳《は》せた。

「やっぱりイタリアにしようかしら。イタリア語なら少し分かるし……」

昔、テレビで見た旅番組で憧れてから、いつかイタリアに行ってみたいと思っていた。イタリア語教室に通って、旅行に行けるくらいの語学力は身につけたのだが、結局ずっと行けないままだった。

旅行一つでも自分で行動しないとダメなのよね。行きたいと思っていても、考えているだけでは日々はあっという間に過ぎていく。イタリアに行きたいなら、行動しなければならないのだ。

「どこにしようかな。イタリアは見どころがいっぱいあって悩む……。うーん、あ！　このマリア様の写真綺麗！　自分の目で見てみたいかも」

私はガイドブックに掲載されているミラノ大聖堂のシンボル――黄金のマリア像に目を奪われた。

――この時の私はマリア像への一目惚れで選んだ旅先で、まさかあんなことが起こるなんて思いもしなかった……

1

「ここがミラノ……」

失恋の痛みもどこかに飛んでいきそうな気分が上がる可愛らしいワンピースに身を包み、私は感動に打ち震えながらミラノ・マルペンサ空港に降り立った。そして胸一杯に思いっきりミラノの空気を吸い込む。

ふふ。一人での旅行は不安だったけど、無事に着いて良かったわ。心配性な親友が海外旅行時の注意点をあれこれと言ってくるせいで不安だったが、問題なく入国審査も終えられたし、先行きは明るい。私はほくそ笑みながら、電車とバスの料金を調べるためにスマートフォンを取り出して検索ページを開いた。一人旅は何があるか分からないし、出来る限り費用は抑えたい。

ホテルまでの行き方は……えっと、あ！　バスのほうが安い！

私はバスにしようと決め、視線を上のほうに向ける。そしてバス乗り場の場所を案内表示で確認した。

「税関を出て左……」

案内表示を見ながら、一人でブツブツ呟《つぶや》きながら進む。すると、かなり歩いたなと思い始めた頃にチケット売り場が見えてきた。その瞬間、並んでいるたくさんの人を見て思わずげんなりする。

「やっちゃった。こんなことなら事前に予約購入しておけば良かった……っきゃあ！」

トホホと肩を落とし列に並ぼうとすると、目の前で突然おばあさんが転んだ。

「大丈夫ですか？」

荷物を放り出して駆け寄り、たどたどしいイタリア語で話しかける。おばあさんは小さく頷《うなず》いて、「ありがとう」と言いながら笑ってくれた。その様子を見て、ホッと息を吐く。

良かった。怪我はしていないようね。

ニコッと微笑み、一緒に鞄からこぼれ落ちてしまった荷物を拾う。よろけるおばあさんを支え立ち上がると、彼女が申し訳なさそうに地図を見せてきた。

「迷惑ばかりかけてごめんね……。このターミナルに行きたいんだけど、どうやって行けばいいか分かる？」

「いえいえ。迷惑だなんてそんなことありません。困った時はお互い様ですから。えっと、それは……」

あ、ここさっき私がいたターミナルだ。

空港内の地図を見せてもらいながら歩いてきた道を思い出し、慣れないイタリア語でなんとか説明する。

おばあさんは何度も「ありがとう」と言って頭を下げながら、目的のターミナルへ向かった。その背中を笑顔で見送り、胸を撫で下ろす。

良かった。さて、バスのチケット買わなきゃ……

そう思って振り返ろうとすると、誰かに袖口を引っ張られて、体が傾いた。

「え？」

「ママどこ？」

「……えっ⁉」

引っ張られたほうに視線を向けると、泣き腫らした顔の男の子が立っていた。

「大丈夫だよ」

慌てて膝をつき声をかけたが、内心たじたじだ。

ど、どうしよう。迷子センターとかあるのかな？

「一緒にママ捜《さが》そっか」

「……うん」

「じゃあ、荷物取ってくるから待っててね」

そう言って男の子から顔を上げて立ち上がった瞬間、ハッとする。先ほど自分が荷物を放り出した場所には何もなかった。

——え？

キョロキョロと辺りを見回しても何もない。

「ここにあった荷物知りませんか？」

「さあ、分からないわ」

近くの人に訊ねてみてもこんな返事しか返ってこない。

え？　まさか盗まれたってこと？　本当に……？

血の気が引いていく。私が立ち尽くしていると、男の子が私の手を引っ張った。

「ねぇ、ママは？」

「あ……。ちょっと待っててね」

どうしよう。

目の前には泣いている子供。背後には何もなくなってしまった空港の床が見えるのみ。私は冷や汗がだらだらと止まらなかった。

とりあえず、優先すべきはママを見つけてあげることよね？　私も不安だけど、きっとこの子のほうが不安に違いない。なくなった荷物はあとで空港のスタッフにお願いをして一緒に探してもらえばいい。そう決めて、泣きたい気持ちを堪《こら》え、その子の手を握った。

「ごめんね、ママ捜《さが》そう」

「とんだお人好しだね」

手を繋いで歩き出そうとした途端、溜息混じりの流暢《りゅうちょう》な日本語が聞こえてくる。その声にハッとして振り返ると、栗色の髪にブラウンの瞳の彫りの深い男性が立っていた。

キリッとして凛々《りり》しく、スーツの上からでも筋肉質だと分かる彼に一瞬で目を奪われてしまう。

かっこいい……！　まるで俳優さんみたい……！

私が見惚《みと》れていると、その男性はやれやれと肩を竦《すく》めて呆れた仕草をする。

「ここは日本じゃないんだ。地面に荷物を置いた時点で盗まれると思ったほうがいい」

「えっ……？」

「人助けは結構だが、もう少し自分のことも考えないと、日本に帰るまでに路頭に迷っちゃうよ。君もその子のように困ったことがあるなら、助けてと人を頼っていいんだよ」

そう言って、私の頭をポンポンと撫でる。その気遣ってくれる優しい声音と言葉に、思わず涙がブワッとあふれ出した。

あ、あれ、私……！

自分が思っている以上に不安だったのか、相手は初対面だというのに向けてもらえた気遣いに堪《こら》えていたものが決壊して涙が止まらない。彼は、突然泣き出した私を見てギョッとしている。その姿を見ても涙が止まらず、私は涙を拭《ぬぐ》いながら、「ごめんなさい」と頭を下げた。

「いや、僕のほうこそすまない。きつく言いすぎたかい？」

「い、いいえ。私、とても不安で。でも泣いている子を放り出して、荷物を捜《さが》しに行くなんてできなくて……」

「荷物は部下にすぐ追いかけさせたから、心配しなくても取り返してくるだろう。それから、その子のママもこちらで捜《さが》させよう」

「え……？　あ、ありがとうございます！」

そう言って、後ろにいた部下の人に何か指示を出して、彼は恭《うやうや》しく私の手を取った。そしてすらりとした長身を屈《かが》め、手の甲に軽くキスを落とす。

海外では普通のことかもしれないが、そのキスに顔にボッと火がついた。

「泣かせたお詫びに、お茶でもご馳走させてくれないかな。お茶をしているうちに、君の荷物も戻ってくるだろうし」

「え？　で、でも……！」

そんなの申し訳ない。彼の申し出を受けるべきか逡巡《しゅんじゅん》していると、彼はウインクして名刺を渡してくれた。

「僕はテオフィロ・ミネルヴィーノ。怪しい者じゃないよ。どうか気軽にテオと呼んでほしい」

「よろしくお願いします、テオさん。私は清瀬《きよせ》美奈です。ミナと呼んでください」

「おお！　よろしくね、ミーナ！」

自己紹介をしながら受け取った名刺に目を通すと、そこには彼の名前と勤務先のホテルの名前が書かれていた。

トリエステホテル……

そのホテルの名前を見て体が戦慄《わなな》く。

日本にもある高級ホテルだ……！　テオさん、こんな高級ホテルで働いているの？　なんだかすごい！

「自己紹介も終わったし、ミーナも僕が怪しい者じゃないって分かっただろう？　だから、お茶をご馳走させてくれないかな？」

「はい。あ！　えっと、先に予約しているホテルに遅れるって連絡してもいいですか？」

「もちろん」

私はペコリと頭を下げて、ポケットからスマートフォンを取り出した。

これだけは鞄に入れてなくて良かった。

ホッと息を吐きながら、予約しているホテルに電話をかける。

「……え？」

電話口からは予想もしていない言葉が聞こえてきて、目の前が真っ暗になった。

今、予約取れてないって言った？　いやいや、まさか。イタリア語に不慣れだから、きっと聞き間違えたんだ。そう思い、しどろもどろになりながら何度確認しても、予約が取れていないとしか聞こえない。

「う、うそ!?　あ、あの……私……」

通話の途中なのに硬直していると、私の手からスッとスマートフォンが奪われる。テオさんが電話を代わってくれた。

そしてしばらく話したあと、彼は残念そうに電話を切った。

「どうやら何かのミスがあったようで予約が取れていないみたいなんだ。でも満室らしく、新しく予約を取るのは無理らしい」

「……そ、そんな」

私、ここに五泊する予定だったのに……！

これからどうすればいいの？　出発前にもっとちゃんと確認すれば良かった……

手足が急速に冷えていく。唇をギュッと噛むと、テオさんが私の肩に手を置いた。

「そんな顔しないで、ミーナ。僕のホテルに泊まればいいよ」

「え……」

「是非この旅行を華のあるものにさせてくれないかい？　イタリアは悪いことばかりじゃないと教えてあげるよ。それに君は一人にすると、また何かをやらかしそうで心配だ。僕の心の平穏のためにも、どうか僕のホテルに来てくれないかい？　滞在中は僕が君のバトラーになるよ。『おもてなし』をさせてほしいんだ」

え……？　え？　テオさんのホテル？　テオさんが働いているホテルって……

「無理です！　そんな高いホテルになんて泊まれません」

「僕が提案したんだから費用のことは気にしなくていい。泣かせたお詫びだと思ってくれ。ミーナ、君は今から僕のゲストだ。ゲストであるからには、先ほどのように一人で悩み解決しなくてはならないことなど何一つない」

彼は優しい。だけど、会ったばかりの人について行って大丈夫なの？　けれど、彼の提案に乗らなければ、帰りのチケットまでの期間――ミラノでどう過ごしていいか分からない。

私の語学力で新しくホテル探しなんてできるの？　それにもし今日泊まるホテルすら見つけられなかったら？

そんなことになったら着いたばかりなのに日本に帰らなきゃいけなくなる。それだけは嫌だ。せっかく今後の自分を変えるきっかけになればと思ってここまで来たのに……。それに憧れのイタリアの地を一歩も踏まずに帰るなんてありえない。

海外で見知らぬ人の手を取る。それがどんなに危険なことか分かってる。それでも私はテオさんが悪い人だとはどうしても思えなかった。

私は葛藤しながらも自分の直感に従って、彼の提案を受け入れた。すると、彼はエスコートするかのように腕を差し出す。その腕におずおずと手を絡めると、彼が「モルトベーネ《とてもいい》」と言って褒めてくれる。

どうしよう、なんだかしょっぱなから思ってない始まりになっちゃった。

空港に着いた時は、普通の一人旅が待っていると思っていたのに……！

＊＊＊

「ほら、もう市内に入ったよ」

「え？」

「空港から車で三十分くらいだからね。すぐだよ」

そう言って、テオさんが私の頬をつつく。

ド庶民の私でも知っているイタリアの高級車。しかも運転手つき。そんな車に乗せられ、ビビっているうちに市内へと入ったので、正直なところあっという間に感じてしまった。テオさんの言葉で視線をミラノの街並みに移すと、ほどなくして目的地のホテルが見えてくる。私は口をポカンと開けて、車の窓から見えるその五つ星ホテルを眺めた。

ここがトリエステホテル……

日本にもあるのでもちろん存在は知っていたが、自分のような庶民には一生縁がないと思っていた。まさかそこに訪れる日が来るなんて。それも宿泊できるとは、人生何が起きるか分からないものだ。私はやや複雑な心境で、テオさんの顔を見つめた。

「どうぞ」

「は、はい」

ホテルに着き車が停まると、ドアマンの男性がにこやかに車のドアを開けてくれたので、テオさんがさっと降りる。そして私に手を差し出してくれた。ゴクリと息を呑み、その手を取ると柔らかく微笑んでくれる。

なんだかお金持ちのお嬢様になったみたい。

こんな扱いを受けた経験がない私は、胸が張り裂けそうなくらいドキドキしていた。車から降りると、若いポーターが飛んできて、荷物を降ろして運んでくれる。そこには私の荷物があった。

あ！　私の荷物！　見つかったのね……！

荷物を見ながら立ち止まっていると、テオさんが背中をさすってくれる。

「ミーナ、荷物は約束通り取り返してきたよ。何もなくなってはいないとは思うけど、念のためにあとで確認しようか」

「はい。ありがとうございます」

自分の荷物が戻ってきたことに、まずは安心してホッと胸を撫で下ろす。

一人だったら、きっと今頃途方に暮れていただろう。無事に見つかって本当に良かった。これもテオさんのおかげね。

やっぱりテオさんはいい人だったのだと直感が確信に変わった。

「わぁ、すごい！」

テオさんエスコートのもと、ホテルの中に入ると、思わず感嘆の声が漏れた。お行儀が悪いと思いつつも、キョロキョロしてしまう。

踏み込んだエントランスホールは広々としており、宮殿と見紛うほど豪奢《ごうしゃ》で美しかった。あっちを向いても、こっちを向いても煌《きら》びやかで、何かしらが金色だ。私はその美しさに目が眩《くら》みそうだった。

「なんだか緊張しちゃいます。とても素敵……！」

テオさんに手を引かれ、ふかふかの大きなソファーに腰掛けながら、私は初めて訪れる五つ星ホテルに心が浮き立った。

置かれている椅子もテーブルも、今座っているこのソファーも、素人目で見ても素晴らしい逸品だということが分かる。

「ミーナは可愛いね」

私が浮かれていると、テオさんがそう言って目を細めて笑う。

あ……私……はしたなかったよね。

「すみません。浮かれすぎですよね……」

「違うんだ、そんな顔しないで。気分を害したかい？　見るものすべてに目を輝かせている君はとても可愛く魅力的だと言いたかったんだ」

「〜〜〜っ！」

テオさんのストレートな褒め言葉に、顔にボッと火がつく。熱くなった頬を両手で覆うと、ベルマンが目の前にウェルカムドリンクを置いてくれたので、気持ちを落ち着かせるために一口飲んだ。

ここはイタリアよ。少しの賛辞くらいで動揺しちゃダメ。落ち着くのよ、私。……こんなふうに褒められたのは久しぶりだから、やっぱり動揺しちゃうのよね。

「あ、美味しい」

「それは良かった。ミーナ、チェックインするためにパスポートを見せてもらうよ」

「はい」

私が頷《うなず》くと、彼が私の代わりにチェックインの手続きを行なってくれる。私はそれを見ながら、ドリンクをもう一口飲んだ。

「え？　ミーナ、二十三歳なの？　てっきり、もう少し若いと思ってた」

彼は私のパスポートを見て目を瞬かせ、私とパスポートを見比べる。その意外そうなものを見る目が少し居心地悪く感じて、私は彼の視線から逃れるように俯《うつむ》いた。

彼には――不注意で荷物をなくし、その上泣いたところまで見られてしまっている。そりゃ年齢より幼く見られても仕方がない。彼にとっては、母親とはぐれて泣いていた男の子と私、どちらも大して変わらないのだろう。もしかすると私のことも迷子を保護したように思っているのかもしれない。

「そ、そういうテオさんは、おいくつなんですか？」

「僕？　僕は三十歳だよ。ミーナからすると、おじさんに見えるかな？」

「いいえ。そんなことありません！　テオさんはとても素敵です！」

あははと笑うテオさんに力一杯首を横に振ると、彼は私の勢いに一瞬驚いた顔をした。でもすぐに「ありがとう」と微笑んでくれる。

私ったら、力むようなことじゃなかったわ。恥ずかしい。でも本当にとても素敵なんだもん。

私は熱くなった頬を押さえた。


その後は部屋へ移動し、テオさんから設備やルームサービスについての説明を受ける。

さすが、高級ホテル。部屋の中もすごい。それにベッドも大きくてふかふかだ。でも覚悟したほどゴージャスで派手ではなかったので、少しホッとした。

良かった。これなら落ち着けそう。

「ごめんね、ミーナ」

「え？」

「もっといい部屋を用意したかったんだけど、今はバカンスシーズンでこの部屋しか空いていなかったんだ」

「謝らないでください！　このお部屋もとても立派ですし、私にはもったいないくらいです。それに豪華すぎても落ち着かないので」

「そう？」

「はい！」

テオさんの言葉に力一杯頷《うなず》く。

というより、バカンスシーズンに部屋が空いていただけでも奇跡だ。それにこんな素晴らしいホテルに泊まるという経験をさせてもらえるだけで、とても幸せだ。

「なら、いいんだけど。じゃあ、荷物の確認をしようか？」

テオさんは申し訳なさそうに、ページボーイが部屋まで運んでくれた荷物を私の前に差し出した。スーツケースを開き、一つずつ丁寧に確認していく。

「良かった……。全部あります」

「そう？　それは良かった。でも、もし足りないものとか出てきたら、いつでも言ってね。すぐに用意させるから」

「ありがとうございます。でも大丈夫なので、お気持ちだけ受け取らせてください」

「……ミーナ。遠慮は美徳かもしれないけど、困った時はちゃんと隠さずに言うんだよ」

「はい……」

私が頷《うなず》くと、彼は「モルトベーネ」と言って、また褒めてくれる。その優しい笑顔にふにゃっと笑った。テオさんに褒めてもらえると、なんだか嬉しい。

「ミーナ、コーヒーと紅茶どっちの気分？」

照れ笑いをしながら広げた荷物を片づけていると、テオさんが問いかけてくれる。

「それは私がするので、テオさんは座っていてください」

「ダメだよ。ミーナはゲストだって言っただろう。ほら、どっち飲みたい？」

「えっと、じゃあ紅茶で」

「ＯＫ！」

ウインクして私の申し出をスマートに躱《かわ》す彼に戸惑っている間にも、彼は手際よくロイヤルミルクティーを淹《い》れてくれる。

「さて、じゃあそろそろゆっくり過ごして」

彼はテーブルに一人分のミルクティーを置くと、そう言って部屋を出ようとした。その言葉に私は思わず首を傾げて尋ねた。

「え？　一緒に飲まないんですか？」

「でも今日は色々あって疲れただろう？　だから、これを飲んだあとは温かいお湯に浸かって当ホテル自慢のダイニングを楽しんで、ゆっくり休んだほうがいい。あと、それからこれはミーナへの宿題。明日行きたいところを考えておいて」

「え？　そんな……。そこまでお世話になったら悪いです……！」

「ノー、ミーナ。言っただろう。君は一人にすると何かをやらかしそうで心配だって。僕の心の平穏のためにもミラノを案内させてほしい」

ここまで至れり尽くせりしてもらって、本当にいいのかしら？

「いい子だね、ゆっくりおやすみ」

ガイドブックを渡してくる彼に気圧《けお》されるように頷《うなず》くと、そう言って、私の頭を撫でて彼は部屋を出て行った。

誰もいなくなってしんと静まり返った部屋で、彼が淹《い》れてくれたミルクティーに口をつける。深いコクとやさしい香りが私を包んで、ホッと息を吐いた。

まあ私一人だと、また何か失くしそうだし迷子にもなりそうだから、任せたほうが安心なのかしら。それに現地の方に案内してもらったほうが、色々と楽しめそう。

そうは思っても、迷惑をかけてしまったら申し訳ないわ。

「……」

私はどうしたらいいのだろうと思いながら、ミルクティーを飲みきり、ふかふかのベッドに大の字で寝転がった。すると、疲れからか急速に眠気が襲ってくる。

私ったらお風呂に入らなきゃいけないのに……。テオさんもお風呂に入りなさいって言ってた。それに夕食もまだなのに……。でも今日は色々あって疲れちゃったから、食事やお風呂は朝でも大丈夫よね。

私は言い訳をしながらも、襲ってくる眠気に従い、目を閉じた。

＊＊＊

「ん〜、よく寝た」

私はカーテンを開けて朝日を浴びながら、伸びをした。

昨日は夕食も食べずに早々に寝てしまったせいか、今朝は早く目が覚めた。そのおかげで、ゆっくりとお風呂に入れて気分爽快なので、早く寝て良かったのかもしれない。

そしてメイクをしながら、昨夜テオさんから出された宿題をするためにガイドブックを開く。

ミラノって、有名なのはやっぱりミラノコレクションよね。だから、古代の遺跡や中世の街並みというよりは、モードやデザインの発信地ってイメージが大きい気がするわ。……ということはやっぱりハイブランドのブティックとかが多いのかしら。

私はそういうものには興味がないので、買い物より観光を中心にしたい。行き当たりばったりの一人旅をするつもりだったから、黄金のマリア像があるミラノ大聖堂以外はどこに行こうか、まだ考えていなかったのよね。

えっと。ミラノ大聖堂は絶対でしょ。あとは、教会にあるという『最後の晩餐』が見たいかも。

「あ、『最後の晩餐』は予約制なのか」

じゃあ、今日は無理ね。

独り言《ご》ちながら、ガイドブックとにらめっこをしているとノックが聞こえた。その音に顔を上げる。

あら、テオさんかしら？

「ミーナ、おはよう。早起きだね。よく眠れたかい？」

「おはようございます、テオさん。はい、おかげさまで。朝までぐっすりでした」

「昨夜は当ホテル自慢のダイニングを楽しまなかったと聞いたけど、まさかあのあとからずっと眠っていたのかい？」

扉を開けると、案の定テオさんがにこやかに立っていた。挨拶を交《か》わしながら招き入れると、彼は今日の新聞をテーブルに置き、モーニングティーを淹《い》れる準備を始めてくれる。そんな彼を見ながら、えへへと笑った。

「安心したら気が抜けてしまって……」

「まあ、到着したばかりで疲れていたんだろうね。それに昨日は色々あったから仕方ないよ。じゃあ、ミーナは今とてもお腹が空いているだろう？　朝食会場には、フレッシュジュースもあるし、ミーナが好みそうなパンやペイストリーもあるから、これを飲んだら行ってくるといい」

「はい、そうします」

頷《うなず》くと、彼がいい子だねとウインクしてくれる。

とても細やかに世話を焼いてくれる彼の姿に、私の胸がトクンと高鳴った。胸の高鳴りに動揺して、はたと動きを止める。

ちょっと私ったら……。でもこれはテオさんが素敵だから……

自分の気持ちに言い訳をしても、私の胸はドキドキとけたたましい。

ついこの間失恋したばかりで、もう恋なんてこりごりだと思っていたのに、旅先で素敵な男性に出会ったからってときめくなんてダメだわ。彼は親切なだけ！　変な勘違いはいけないわ、美奈！

このまま好きになってしまうのは絶対にダメだ。これでは元カレのことを節操なしと言えなくなる。

気をしっかり持つのよ、私！

私はティーカップをガシッと掴《つか》んで、浮ついた心を落ち着かせるためにモーニングティーを一気に飲み干した。それを見たテオさんが目を見開く。

「ミーナ⁉　そんなに急いで飲むと火傷《やけど》しちゃうよ。大丈夫？」

「は、はい。そんなに熱くなかったので大丈夫です」

「……ミーナはなんとなく猫舌そうだから、温度には気をつけたんだ。それでも急いで飲むのはよくないよ」

テオさんは「良かった。飲みごろにしておいて」と胸を撫で下ろしている。でも、私は猫舌とバレていることに正直驚きが隠せない。私はテオさんの言葉に目を丸くした。わざわざ伝えていないことまで、先読みして動いてくれるのはさすがとしか言いようがない。

バトラーってすごい……！

「さぁ、早く朝食を食べておいで。ただし、朝食はさっきみたいに急いで食べちゃダメだよ」

私が感心していると、彼はティーカップを片づけながら、揶揄《からか》うように笑う。

「はい。ゆっくり食べます……」

「そうしてくれると助かるよ。あと、ミーナ。観光に出掛けている間にルームメイドを入れてもいいかい？」

「もちろんです。よろしくお願いします」

「了解」

テオさんに朝食会場まで案内してもらいながら、そう答えると、彼はウインクをして承諾してくれる。たったそれだけなのに、また私の胸はトクントクンと高鳴ってしまう。

本当にどうしちゃったのよ？　私ってば……

彼はイケメンだし、とても優しく気遣いにあふれている。だからって、旅先で会っただけの人なのに本気で好きになってどうするつもり？　そんなの……あとで絶対つらくなるだけだわ。

私は自分の心に戸惑いながら、テオさんと朝食会場の前で別れた。

＊＊＊

「うう、お腹がいっぱいで苦しい……」

「ミーナ、良かった。たくさん食べられたようだね」

「はい。どれもとても美味しくて、選べませんでした」

私が好みそうなパンやペイストリーがあるとは言われていたけど、本当に好きなものがたくさんあって、ついつい食べ過ぎてしまったのだ。

昨日夕食を食べていないからって欲張りすぎたわ。恥ずかしい……。食いしんぼうだと思われたらどうしよう。

私は頬を赤らめながら、いっぱいになったお腹をさすった。すると、テオさんが昨日と同じ運転手つきの高級車へスマートに乗せてくれる。

「さて、どこに行くか決めた？」

「はい。まずは定番のミラノ大聖堂に行ってみたいです」

「それはいい。大聖堂はミラノの象徴的存在でもあるし、聖母マリアに捧げられた世界最大級のゴシック建築でもあるんだ。それを一番に選ぶ君は素晴らしいよ」

「そ、そうですか？」

事あるごとに褒めてくれる彼の言葉に面映《おもは》ゆい気持ちになって、私は誤魔化すように笑った。そして、視線をガイドブックに落とす。

女性を褒めることはイタリア人男性の礼儀だと聞いたことがあるけど、本当に彼は息をするように私を褒めてくれる。この褒め言葉攻撃に慣れないといけないのに、ついつい反応してしまう。私は小さくかぶりを振った。

このままずっと彼にお姫様のように扱われていたら、本当に好きになってしまいそうだ。彼には何でもないことなのよ。勘違いは絶対にダメ。それに恋はもういいって決めたじゃない。でも……彼が恋人だったら毎日が幸せであふれていそう。

……テオさんみたいな人が恋人だったら良かったのに……

私は俯《うつむ》きながら視線だけで彼を盗み見た。

2

「わぁ！」

大聖堂に着くと、ドゥオーモ広場に面して堂々と聳え立っている建築物の正面《ファサード》に目を奪われた。白大理石と彫刻が美しい。

「素晴らしいですね」

「この彫刻はね、聖書の人物や聖人、預言者など、全体で約三千五百体あるんだよ。特に『テラモン』という男性の像を探してごらん。他の装飾や柱を支える役割も兼ねているから、色々な所にいるよ」

そう言って、指を差す彼の指の方向に視線を向ける。

確かに色々なポーズで柱を支えていて、とても遊び心があって面白い。

このテラモンさんは何体いるのかしら？

テオさんの解説を聞きながら興味深く見ていると、扉が五つあることに気づく。

「テオさん。扉がたくさんありますが、どこから中に入ればいいんですか？」

「入場口は一番右の扉だよ。でも、その前に中央扉を見よう。五つの扉の中で一番大きいんだ」

彼はイタリアの有名な彫刻家が手掛けたレリーフがあると教えてくれた。花や果物、動物をモチーフにして聖母マリアの生涯が彫られているらしい。

「扉に向かって左側中央のレリーフが表現しているのは、天に召されたキリストを後ろで支える聖母マリアの姿だ。そして右側中央は、彼女の有名なエピソードの一つ『聖母マリアの被昇天』が彫られているよ」

「すごい……」

口を大きく開けたまま、テオさんの説明を聞きながら、そのとても大きな扉のレリーフを見つめる。もう全部が素晴らしすぎて、すごいとしか言葉が出てこない。

私がスマートフォンを取り出し、パシャリと写真を一枚撮ると、テオさんが私の手からスマートフォンを取った。

「あ！」

もしかして撮っちゃいけない場所だったのかしら。私ったら……

やってしまったという顔をした途端、彼が微笑みながら首を横に振った。

「違うよ、撮影はオッケーだよ。ただ大聖堂だけを撮るんじゃなくて、ミーナも写るといいって言いたかったんだ。撮ってあげるから、そこに立って」

「え？　で、でも……」

「ほら、遠慮しないで。少し後ろに下がろうか」

戸惑いつつも言われたとおりに後ろに下がって、中央扉の前に立つ。髪を手櫛《てぐし》でさっと整え、テオさんに向かってニコッと微笑んだ。

「じゃあ、撮るよ」

そう声をかけて、彼が二、三枚シャッターを切ってくれる。

「これで大丈夫？　可愛く撮れたと思うんだけど」

「はい。ありがとうございます」

スマートフォンの画面を見せてくれる彼と思わず体が触れ合って、胸がドキンと跳ねた。ほのかな甘さと男性的なセクシーな香りに、なぜかは分からないけど、ゾクゾクしてしまう。

私ったら……！

「つ、次はテオさんと一緒に撮りたいです！」

「喜んで、ミーナ」

上擦《うわず》った声で、この勢いに乗って図々しいお願いをしてみる。彼が快諾してくれたのでどさくさ紛れにテオさん一人の写真もゲットし、ご満悦でスマートフォンを抱き締めた。

嬉しい！　いい思い出になったわ！

「テオさんが撮ってくれた写真、とても綺麗に写っていてびっくりしました。写真撮るのお上手なんですね」

「ノー。僕が上手なんじゃなくて、被写体がいいんだよ。ミーナはとても可愛く美しい。だから、綺麗に写るのは当たり前のことだ」

「～～～っ！」

頬を撫でながらそう言われて、全身の血液が頬に集まったんじゃないかと思うくらい、彼が触れている場所が熱をもつ。

彼の態度に、自分がとても大切にされている錯覚に陥ってしまう。勘違いしちゃいけないのに、勘違いしてしまいそうになる。私は慌てて触れられていないほうの頬をパシーンと叩いた。それを見たテオさんがすごく驚いている。

「ミーナ？　急にどうしたんだい？」

「いいえ。ちょっと弱い自分の心と戦うために気合を入れようと思いまして……」

どうやら私の心は失恋を新しい恋で癒そうと思っているらしい。でも、テオさんと私はこの旅行中だけの関係だ。本気で好きになっても実らない。それにそんなの親切なテオさんにも迷惑がかかっちゃうわ。いいかげんフラフラしてないで、純粋に旅行を楽しまなきゃ！

「は？」

私の言葉にテオさんは訝《いぶか》しげな表情で首を傾げている。

「ほら、早く中に入りましょう」

そんな彼に誤魔化すように笑って、私は手を引いた。

「違うよ。こっち」

「……え？」

先ほどテオさんが言った一番右の扉に並ぼうとすると、彼は私の腰に手を添えて体の向きを変える。そして、入場口には目もくれずに歩き出した。

え？　入らないの？

私の手を引いて歩き出すテオさんに、顔を後ろに向けながら離れていく入場口を見つめた。

「あの、テオさん？　ついさっき一番右の扉が入場口だって言いませんでしたか？」

「うん、言ったよ。でも見て分かるとおり、とても混雑しているから、屋上テラス行きの入場口から入ったほうが早いんだ」

へぇ、そうなんだ。私一人だったら、あそこに並んでいたかもと思いながら、空いている手でガイドブックを開く。あ、本当だ。屋上テラス行きのほうがおすすめって書いてある。エレベーターか階段か選べるのね。テオさんの後ろを歩きながらガイドブックを確認していると、突然彼が立ち止まったので、背中にぶつかってしまう。

「すまない、大丈夫かい？」

鼻を押さえながら俯《うつむ》くと、慌てた彼が振り返って私の顔を覗き込む。

「大丈夫です。ごめんなさい、ガイドブックを見ながら歩いていた私が悪いです」

「いや、気をつけていなかった僕が悪い。ちょっと見せて」

「……っ！」

テオさんが私の頬に手を添えて、ぶつけたところを確認する。彼の吐息を感じてしまうくらい近くに顔が近づいてきて、私は思わず息を止めた。

その時、数人のスタッフらしき人が近づいてくる。そしてテオさんに恭《うやうや》しく頭を下げた。

……え？　どういうこと？

「お待ちしておりました、ミネルヴィーノ様。こちらからどうぞ」

「ありがとう」

「……」

状況が理解できずにテオさんと数人のスタッフを交互に見ていると、テオさんが私の腰に手を添え、そのスタッフの案内で中へ入っていく。その光景になんとなく違和感を覚えながらも私は黙ってテオさんについていく。

「昨日、ホテルの名で予約を取っておいたんだ」

「あ……そうなんですね」

私の戸惑いが分かったのか、テオさんがウインクをしてそう教えてくれた。

さすが五つ星ホテルだ。ホテルで予約を取ってもらうと、優先的に入場ができるのね。

私が感激している間にも、彼はスタッフの方とにこやかに話しながらセキュリティチェックを受けて、ゲートを通る。

「でもいいんでしょうか？　特別扱いしてもらったみたいで申し訳ないです……」

「別に構わないよ。もともと、屋上テラス行きには優先入場口と一般入場口があるんだ。だから、これは珍しいことじゃない」

でも——多分ホテルからの予約だから、誰よりも優先的に通れたのだと思う。テオさんは珍しいことじゃないと言うけれど、おそらく珍しいケースだろう。

エレベーターに乗りながら、大丈夫と笑う彼をじっとりと見つめた。そして次の瞬間、ハッとする。

私、チケット代払ってない！

「テオさん、ごめんなさい。チケット、おいくらでしたか？」

「ん？　いらないよ。僕が提案したんだから費用のことは気にしなくていいって言っただろう」

「でも……。ホテル代を出していただいているのに……」

「ミーナ。君は遠慮なんてせずに、目一杯楽しめばいい」

私がお財布を出すと、彼はクールに笑いながら首を横に振る。そして私の頭をポンポンと撫でた。

でもそんな……。とても申し訳ない。

テオさんは私をお人好しと言うけど、テオさんのほうが余程お人好しだと思う。出会ったばかりの私を助けてくれ、こうやって観光に連れて行ってくれるんだもの。災い転じて福となすとは言うが、こんなにも幸せでいいのだろうか。私、一生分の運をここで使い切ってない!?

ああでも、それでもいい。これから先良いことなんてなくても、この思い出を胸に楽しく生きていけそうだ。そんなことを考えていると、エレベーターが屋上に着いた。

「ミーナ。ほら、着いたよ。楽しもう」

「はい」

笑顔の彼に手を引かれて屋上に出ると、一本の道が伸びていた。

わぁ！　すごい！

美しい彫刻が視界に飛び込んできて、私は思わず感嘆の息を吐く。デザインが違う上に少し遊び心が加えられていて、とても興味深い。それに、何より景観が素晴らしい。

「とてもいい景色ですね。ミラノの街並みがよく見えます」

「気に入ってもらえて嬉しいよ」

テオさんが嬉しそうに微笑みながら私に腕を差し出したので、その腕に自分の手を絡めた。彼の腕を取りながら、屋上からミラノの街を眺めていると、なんだか心が浮き立ってしまう。

まるでデートをしているみたい。そこまで考えて、私はかぶりを振った。

いけないいわ、私ったら。何を考えているのかしら。

「ミーナ？」

「テオさん！　こっちへ行くとテラスなんですよね？　早く行きましょう！」

私の顔を覗き込む彼の視線を振り払うように、私は掴《つか》んでいる彼の腕をぐいぐい引っ張る。そして順路と標識に従い、テラスへ向かった。すると、無数の尖塔《せんとう》が並ぶ圧巻の光景に目を奪われる。

「この尖塔《せんとう》は全部で百三十五本あるんだ。尖塔《せんとう》上部にいる彫像はすべて違うデザインなんだよ」

「それはすごいですね」

すべての彫像が、まるで外敵から大聖堂を守るように外側を向いている。そのさまに圧倒された。この素晴らしい光景を見ていると自分がちっぽけなものに感じられ、簡単なことでテオさんに揺れている自分が恥ずかしくなる。このあとは気をしっかりもって、テオさんの優しさを誤解しないようにしなきゃ。

私は両方の拳《こぶし》を握りしめ、決意を新たにした。

「ねぇ、ミーナ……」

「ひゃあっ!?」

私が尖塔《せんとう》の彫像を見ていると、突然耳にテオさんの息がかかる。その吐息にゾクゾクしたものが体を走って飛び上がってしまった。

私、今変な声出しちゃった……！

とっさに自分の口を手で覆う私を見て、テオさんはとても驚いた顔をして、両手を上げた。

「……ミーナ、すまない。驚かせてしまったかな」

「ご、ごめんなさい。違うんです。尖塔《せんとう》に夢中になってしまっていて……」

その上、今ので皆の注目を集めてしまったのか、周囲の視線が痛い。私が俯《うつむ》くと、彼が私を皆の視線から隠すように腕の中に隠してくれた。

「いや、僕のほうこそ驚かせてしまってすまない。外観の装飾の中でも、一際面白いのがガーゴイルと呼ばれる排水口なんだと言いたかったんだ。天使や空想上の動物をモチーフにしているんだよ」

「そ、そうなんですね！　わぁ、すごい！」

落ち着くのよ、私。お願いだから落ち着いて、私の心臓。

ガーゴイルを覗き込もうとすると、テオさんは抱きしめている腕に力を込める。そして困ったような声を出した。

「まいったな。ミーナ、可愛すぎだよ。耳まで真っ赤にして……。そんなに可愛い反応をされると、困ってしまうんだけど」

「……え？」

顔を上にあげると、彼は頬を赤らめて片手で口元を隠していた。その表情に目を見張る。

……テオさん？

彼のその表情に硬直していると、彼が突然私の鼻をぎゅむっと摘《つま》んだ。

「……っ！」

「ミーナ。そんな可愛い顔で見つめられたら、思わずキスしちゃうよ」

「〜〜〜っ！」

えっ？　キス⁉　キスって言った？

「冗談だよ」

口をパクパクさせると、彼は意地の悪い笑みを浮かべて、私の額《ひたい》を指で弾《はじ》く。私は額《ひたい》を押さえて、彼を睨《にら》んだ。

うう、揶揄《からか》うなんて酷い。

「テオさんなんて、もう知りません」

「怒らないで、ミーナ」

ぷいっと顔を背《そむ》けて一人で歩き出すと、テオさんがそう言いながら追いかけてくる。その声に立ち止まって頬を膨らませながら振り返ると、彼は手を伸ばして何かを指した。

「ほら、あの大尖塔《せんとう》を飾るのがこの大聖堂のシンボルだよ。ミーナも聖母の如《ごと》き心で、今の僕を許してほしいな」

あれがガイドブックに載っていた黄金の聖母マリア像……！

私は拗《す》ねているのも忘れて、マリア像に見入った。両手を広げて被昇天する姿が何とも神々しい。やっぱりミラノに来て良かった。自分自身の目で見る聖母マリア像は写真で見る以上に私の心を打った。

マリア様。私、出会って間もないのにテオさんに惹かれています。こんな私は節操なしでしょうか？　私が気をしっかり持てるように、どうか見守っていてください。

胸の前で手を組み、懺悔《ざんげ》と懇願が入り混じった訳の分からない祈りを捧げる。すると、テオさんも隣で私を真似て手を組み、こう言った。

「ミーナがイタリアを好きになってくれますように」

「テオさん……！」

「僕は君がこの旅を楽しめるように最善を尽くすと誓うよ。だから、もう怒らないで」

「最初から怒ってなんていません……」

困ったようにそう言うと、彼がとても嬉しそうに笑う。その笑顔にまたもや心臓が大きく跳ねた。ブワッと体温が上がって、熱くなる。

マリア様、ごめんなさい！　私、無理かもしれません。これ以上テオさんのかっこよさに抗えそうにありません！

私は黄金のマリア像を見つめながら心の中で悲鳴を上げた。

＊＊＊

「ミーナ。足元に気をつけてね」

「ありがとうございます」

そのあとはテオさんにエスコートされながら、ひたすら階段を降りた。

降りる時はエレベーターがないので少し大変だ。でも彼と手を繋いで降りられるのが楽しくて、全然苦にならない。テオさんの気遣いにニコリと返しながら、ハァッと歓喜の溜息を吐く。

「それにしても外観も屋上も、とても素晴らしかったです。まだ中を見ていないなんて嘘みたいに大満足です」

「そうだね。この大聖堂は完成まで五百年近い歳月が費やされ、多くの芸術家たちの想いと技術の粋《すい》が集まっている。それだけ素晴らしいってことかな」

彼の言葉にふむふむと頷《うなず》く。

建設に、そんなに長い時間がかけられているのね。当たり前だけど、当時は機械なんてないからすべてが人の手で造られているのよね。そう思うと、本当にすごい。

階段を降りきって、その先にある扉をテオさんが開けてくれる。その扉を抜けると整然と並ぶ巨大な柱と厳粛な雰囲気に心が大きく揺さぶられた。テオさんから話を聞いたからだろうか。気が遠くなるくらい長い歳月、彼らが懸けた想いが伝わってくるようだった。

聖堂の右側——南面のステンドグラスから差し込む明かりもなんだか厳《おごそ》かに感じる。それに立ち並ぶ巨大な石柱が、華やかな外観とは異なり、荘厳かつ敬虔《けいけん》な空気を演出していた。

「テオさん！　早く中を見て回りましょう！」

弾む気持ちが抑えられなくて、テオさんの手をぐいぐい引っ張って、ラテン十字型の大聖堂の中を進む。すると、彼は入ってすぐ右手側にある——かつてミラノの支配者であった大司教の十字架と石棺《せっかん》の前に私を案内してくれる。

へぇ、牛に引かせた戦車を作らせたことで有名な人なのね。

「これはレプリカだから、あとで大聖堂付属博物館に本物を見に行こう」

未熟な語彙力を総動員して真剣に文字盤を読んでいると、テオさんがそう言って私の頭を撫でた。

「博物館もあるんですか？」

「あるよ。それだけじゃなく、ここの関連施設には地下聖堂もあるし考古学エリアもある。それに、隣接しているサン・ゴッタルド教会も同時に見学できちゃうよ」

「そんなにたくさん見るところがあるんですね。どこから見ようか迷っちゃいますね」

「そうだね。でも、一つひとつ丁寧に見て回っていたら、日が暮れるしお腹も空くだろうから、途中で昼食を取りに一回外に出よう」

え？　でも……

「最初に関連施設に入場した時点から七十二時間は有効だから心配はいらないよ」

私が名残惜しげに十字架を見つめると、テオさんが共通チケットを見せながら、ウインクする。

その言葉を聞いてぱぁっと気持ちが明るくなった。

それは嬉しい。再入場可能なら、一日使ってゆっくり見られるもの！

「じゃあ、もう少し見たら昼食に行こうか」

「はい！」

次は何を見ようかしら。

キョロキョロと大聖堂の中を見回すと、マリア様の礼拝堂を見つけて、私は彼の手を引っ張った。

「じゃあ、あの礼拝堂を見たら昼食に行きましょう！」

「はいはい。ミーナは聖母マリアが好きだね。さっきも真剣に祈ってたし」

彼は喉の奥で軽快に笑いながら、私についてくる。

「だって……」

「だって？」

「……」

気恥ずかしくて思わず口籠《くちご》もってしまったけど、この奇跡的な出会いは神様がくれた贈り物だと思うから……

聞き返してくるテオさんに、私は照れくささを誤魔化すために礼拝堂の前までスタスタと歩く。

そして立ち止まり、クルッと振り返った。彼と向き合い、ニコッと微笑む。

「テオさんとの出会いは神様からの贈り物だと思うんです。本当なら、あのまま空港で路頭に迷っていてもおかしくなかったし、泣く泣く日本に帰る選択をしていてもおかしくなかったです。いえ、そうなっていたでしょう。だから、ちゃんとお礼を言わないと……。ここは聖母マリアに捧げられた聖堂なんでしょう」

なら、マリア様に感謝の祈りを捧げるのが一番だと思う。

それに母なるものへの憧憬は、何世紀にもわたって、色褪《いろあ》せないものだ。決してなくすことのできない普遍的な感情。マリア様の加護は私みたいな存在にでも等しく与えてもらえるのだと思う。

自分を変えるきっかけになればと思って来たが、この旅行はそれ以上に素晴らしいものになった。これは失恋をして悲しんでいた私へのマリア様からの贈り物かもしれない。なら、なおのこと大切にしたい。感謝の気持ちを目一杯伝えたい。

マリア様にも、テオさんにも……

私がそう言うと、テオさんが小さく目を見張る。そして切なそうに私を見つめながら、自分の胸元を掴《つか》み、こう呟《つぶや》いた。

「かつて……」

「え？」

「かつてミラノの人々は、決して終わらないものや長く続くものを指して『大聖堂《ドゥオーモ》の建設のよう』

だと言ったそうなんだ。僕もミーナ――君との縁をドゥオーモの建設のように長く続けていけたら嬉しく思う。君が空港で自分のことを二の次にして、目の前にいる人を助けているさまは、まさしく聖母のようだった。ひどく心が揺さぶられたんだ。……こんなにも優しい君をこのまま放っておいたらダメだと、誰かに背中を押されたように、気がついたら声をかけていた。本当に神がくれた巡り合わせなのかもしれないね。それならば、僕も神に感謝するよ」

そう言って、彼は人目も気にせず、聖母マリアの礼拝堂の前で私に跪《ひざまず》いた。まるで忠誠を誓う騎士のように私の手を取り、そっと手の甲にキスを落とす。ゆっくりと顔をあげた彼の真剣な眼差しに心臓が射貫かれた。まるで本当に矢が刺さったみたいに胸が熱くて痛い。

この恋は勘違いなのかもしれない。いつもとは違う環境に、気持ちが高揚して盛り上がっているだけなのかもしれない――ずっとそう自分に言い聞かせていたけれど、今の彼の想いに触れて、もうそんなのどうでもいいと思ってしまった。

この時間を彼も大切だと思ってくれているなら、それでいい。それで充分だ。この旅行が終われば日本に帰らなければならないけど、私はこのミラノ旅行を一生忘れないだろう。

彼と出会ってから過去の思い出に胸を締めつけられ、苛《さいな》まれることもなくなった。心が新しい恋を――ううん、テオさんに惹かれているなら否定せずに受け入れてあげたい。素直にそう思えて、すでに元カレのことを忘れて前向きになれている自分に気づいた。

それに、無理に心に蓋《ふた》をしたらもっと想いが募ってしまいそうだわ。ミラノにいる間だけは夢を見てもいいのかもしれない。とろけるような甘い夢を――

「テオさん、ありがとうございます」

「それは僕のセリフだよ。ありがとう、ミーナ」

テオさんは優しく笑うと立ち上がり、そっと私の頬を撫でてくれる。その手の温かさに夢見心地で彼を見つめた。

「ミーナ」

彼が私の名前を呼ぶ。大きな手が私の頬をなぞり、わずかに唇に触れる――たったそれだけのことなのに、体に電気が走った。心臓がトクントクンと高鳴り、湧き上がる感情を抑えられない。

――好き。私、テオさんが好きだ。失恋を癒すためでもない。旅先で火遊びがしたいわけでもない。ただ彼に惹かれているのだ。

それを認めると胸の中にあたたかいものが広がっていく。

「お腹空いたかも」

私は自覚したその想いを隠すために、そう言って笑った。

「そうだね。じゃあ食事に行こうか」

「はい!」

そのあとは大聖堂を出て、ドゥオーモ広場北側にあるミラノの巨大ショッピングアーケードへ向かった。『ヴィットーリオ・エマヌエーレ二世のガレリア』と呼ばれるここは、世界的なハイブランドの店が軒を連ねている。

本当にたくさんのお店があるのね。

ブランド物に興味がない私でも、こんなにもたくさんのお店が並んでいると気になってしまう。

でもそれだけじゃなく、天井のフレスコ画や床のモザイク画が優美で目を引く。正直なところ、上を見て歩けばいいのか下を見て歩けばいいのか……それとも立ち並ぶお店の数々を見ればいいのか分からないくらいで、ちょっと困る。

「ミーナ。そんなふうにキョロキョロしながら歩いていると危ないよ」

「だって、とても綺麗なんですもん。それにテオさんが言ったんですよ。アーケードの天井や床、柱などの装飾はそれぞれに意味があるって。それを聞いたら見ずにはいられません」

私がアーケードの天井を見上げると、テオさんが肩を竦《すく》めて笑う。

「まあ僕が側にいるから別にいいよ。でも万が一、一人で出かける時は気をつけて。こういった観光地にはスリもたくさんいるからね。何かに夢中になっているうちに、財布やスマートフォンを失うのは日常茶飯事だよ」

「は、はい……！」

私はテオさんの言葉に神妙な面持ちで頷《うなず》いた。

そもそも空港で盛大に荷物をなくしているのだから、笑い事では済まされない。本当に気をつけなきゃ。

「肝に銘じます」

「よろしい。じゃあミーナ、もう少し行ったところにリストランテがあるから、そこに行こう。日本人観光客にも人気があるから、きっとミーナの口にも合うと思うよ」

「わぁ～、それは楽しみですね！」

「ミーナは何が好き？　何が食べたい？」

「えっと……」

やっぱりパスタは外せないわよね。あとピザかしら？　あー、でもドルチェも食べたい。

私は今朝たくさん食べてしまった自分のお腹をさすった。

また欲張って食べて、テオさんに食いしんぼうだと思われないように気をつけなくちゃ。でも選べないのよね……

私はむむっと眉根を寄せた。

＊＊＊

「わぁっ！　素敵……！」

私はテオさんおすすめのリストランテに入り、感嘆の声を漏らした。それと同時に、覚悟が必要な高級レストランじゃなく、少し背伸びをしたくらいのお店だったので、私は身構えていた体から力を抜いた。

こんなに素敵なアーケードで、食事ができるなんて嬉しい。そして何より、ここなら落ち着いて食事ができそう。

「気に入ったかい？」

「はい！」

大聖堂を観光できて、見たかった黄金のマリア像も見られた。その上、こんなにも素敵なアーケード内で食事もできる。ミラノに来たんだ！　という実感がふつふつと湧いてきて、今とてもウキウキしている。

お店の中から外を眺め、うふふと笑う。彼は「それは良かった」と言いながら、歓声を上げる私を微笑ましそうに見つめ、日本語のメニューを渡してくれた。子供っぽくはしゃいでしまった自分が少し恥ずかしくなり、メニューを受け取りながら、居住まいを正す。

せっかくの素敵なお店なんだから、お行儀良くしなきゃ……

「日本語のメニューもあるんですね」

「日本人観光客に人気だって言っただろう。この店は観光客の対応にも慣れているし、イタリア語が分からなくても注文がしやすい。ミーナには最適だと思ったんだ。それにいきなり三つ星のリストランテに連れて行ったら、萎縮《いしゅく》しちゃうだろう？　何事も段階は必要だ。君が楽しんで食事ができることが何よりも大切だからね」

その言葉に胸がじんわりと温かくなった。彼は私が気後れしたりしないように配慮してくれたのだ。その気遣いがとても嬉しい。

「ありがとうございます」

私はそうお礼を言いながら、メニューを開いた。

せっかくだからミラノの郷土料理が食べたいな。

「さて、ミーナは何が食べたい？　まずは前菜を注文しようか？　それともコースにする？」

「えっと……」

メニューを開けば、確かに日本語のメニューだった。でも写真がないせいか、いまいちピンとこない。当たり前だけど知らない料理名が多いわ。このブレザオラとルッコラのグラナパダーノって何だろう。ルッコラが入っているってことはサラダ？

私は手に持って眺めていたメニューをテーブルの上に置いた。そして、気になる料理を指差す。

「あの……これは、どんな料理ですか？　無知でごめんなさい。ルッコラくらいしか分からなくて……」

「それは前菜だよ。ブレザオラは生ハムの一種で、グラナパダーノはチーズかな」

なるほど。つまりチーズと生ハムが入ったルッコラのサラダってことね。

私はふむふむと頷《うなず》きながら、また気になる名前の料理を指差した。

「じゃあ、このオッソブーコはなんですか？」

「それは仔牛の骨付きすね肉を煮込んだミラノの郷土料理だよ。ミラノ風リゾットと合わせるのが定番かな」

ミラノの郷土料理！

私はテオさんの言葉に嬉しくなった。

「郷土料理を食べてみたかったので、嬉しいです。それに、本場のミラノ風リゾットも食べてみたいです！」

「オッケー。じゃあ、それにしよう。あとは、車海老のシーフードパスタなんてどうだい？　海老、好きなんだろう？」

私が朝食に海老を見つけて喜んでいたことがバレている！

きっと朝のミーティングとかで共有されているんだ。宿泊客の状態を把握し、素晴らしいホスピタリティを提供するためとはいえ、さすが五つ星ホテル。情報伝達が速い。

「好きです」

私は頬を赤らめ縮こまりながら、小さな声で答えた。今朝からはしゃぎ過ぎて、自分が落ち着きのない子供になったようで恥ずかしい。

「可愛いね、照れているのかい？」

「だって私……今朝からずっとはしゃいでる気がして、ちょっと恥ずかしくなってきました。もう少しおしとやかにしますね……」

「ノー。その必要はないよ。旅行というものは気分が高揚し、はしゃぐものだ。ホテルで働く者だけじゃなく観光に携わる皆も、そういったお客様の笑顔が何よりのご褒美なんだ。だから変に気を遣わないでほしい。僕はこの旅でミーナが色々な経験をし、大いに楽しんでくれることを願っているよ。見るものすべてに目を輝かせている君はとても美しいからね。そんな君をもっと僕に見せて?」

「あ、ありがとうございます……!」

顔を真っ赤にして頭を下げると、テオさんのクスッという笑い声が聞こえる。

やっぱりテオさんの褒め言葉には慣れない。でも、君は美しいだなんて歯が浮くようなセリフがバシッと決まるのは、やっぱりテオさんの醸し出す雰囲気が素敵だからなのよね。

「コースにせずに、ミーナが気になるものを注文しよう」

視線を上にあげて彼を盗み見ると、彼はそう言って、メニューを見ていた。

素敵な人を見ると心が躍る。いけないとは思いつつも惹かれてしまう。それって自然なことよね……

「あとはどうしようかな。ピッツァも食べる?」

「食べたいんですけど、さすがにピザは難しいかも。今朝もたくさん食べたあとですし……」

「ミラノのピッツァは生地がとても薄めなんだ。カリカリとした食感だし、イタリアピッツァの中で最も生地が薄い。そんなにボリュームもないし、心配しなくても大丈夫だよ」

じゃあ心配しなくても大丈夫かしら？　二人で食べるんだし、テオさんがそう言うならきっと大丈夫よね。

私が頷《うなず》くと、タイミング良くウエイターが来てくれ、注文を聞いてくれる。そしてほどなくして、前菜が運ばれてきた。

花のように並べられた生ハムに、ルッコラの緑が彩りを添えている。綺麗にちりばめられたチーズが、まるで舞い散る雪のようで美しい。とても美味しそうだ。

「どうだい？　ルッコラは少し苦いかな？」

「そんなことないです。生ハムとチーズにとても合っていて、美味しいです」

落っこちそうな頬を押さえながらそう言うと、彼はとても嬉しそうに笑った。

「良かった。ルッコラには女性が嬉しい美肌効果もあるからたくさん食べるといい」

「そうなんですか？　それはたくさん食べないと」

「まあ、ミーナは今でも充分なくらい肌が綺麗だけどね」

もうテオさんったら。

私は照れ隠しにルッコラを少し多めに口に放り込んだ。すると、ワインを飲んでいるテオさんとふと目が合う。彼はとても優しげに私を見つめている。

「あ、ごめんなさい。美味しくて、つい……。食べ過ぎですよね」

私は慌てて口元を手で覆った。

せっかく素敵なお店に連れて来てもらっているのに慎みも何もあったものじゃない。

「どうして謝るんだい？　気を遣う必要はないって言っただろう？　それに美味しそうに食べてくれるミーナはとても可愛い。遠慮なんてせずに、たくさん食べて。そのほうが僕も嬉しい」

「〜〜〜っ！」

そう言って彼は運ばれてきたばかりのシーフードパスタをフォークに一口分巻きつけ、私の前に差し出してくる。そして「あーん」と言った。

え？　で、でも……

戸惑いの視線をテオさんに送っても、彼は引いてくれない。テオさんに笑顔で勧められ、とうとう観念した私はそのフォークに巻きつけられたパスタをパクッと口に入れた。

「美味しい？」

「……美味しいです」

予想外のテオさんの行動に動揺しすぎて上手く話せず、口元を手で覆いながら、真っ赤な顔で頷《うなず》く。でも正直味なんて分からなかった。

「もう。私に構っていないでテオさんも食べてください」

「じゃあ、次はミーナがあーんってしてよ」

「えっ!?」

＊＊＊

「ミーナ、大丈夫かい？」

「大丈夫です。でも、ちょっと飲みすぎちゃったかも」

なんだかふわふわする。でもこれは彼のせいだ。彼のせいでドキドキしっぱなしの胸を落ち着かせようと、ついついワインを飲み過ぎてしまったのだ。

私が彼に急速に惹かれるのは彼にも責任があると思う。女性を褒めることはイタリア人男性の礼儀だと言っても、いくら何でも褒めすぎだ。こんなの誰でも勘違いしちゃうわ。

私はじっとりとした視線をテオさんに送りながら支えてくれる彼に寄りかかった。

「今日はもうホテルに戻ろう」

「えっ？　でも……」

「ミーナがそんなにお酒に弱いなんて思っていなかったから、量を加減しなかった僕が悪い。本当にすまない。今日はホテルでゆっくり休んで続きは明日にしよう。挽回させてくれると嬉しい」

私はテオさんの提案に顔を下に向けた。

確かに頭も足もふわふわしている。でも、せめて大聖堂の中くらいは今日見ておきたい。

私はテオさんに体を預けながら、情けない自分に唇を噛んだ。

私のバカ。あの程度のお酒で酔っちゃうなんて！　せっかくの観光なのに。それに今朝から今まで、ずっとデート気分で楽しかった。まだ終わりにしたくない。もっとテオさんといたい。

私は彼の腕にしがみついたままギュッと掴《つか》んで、揺れる目で彼を見つめた。

「まだ帰りたくないです」

すると、テオさんが小さく目を見張る。それと同時にまたしても鼻を摘《つま》まれた。

「……っ！　テオさんっ」

「ミーナの酔っ払い。そんな潤んだ目で帰りたくないだなんて言ったら、大変なことになるよ」

「大変なこと？」

まだ観光をしていたいというのはそんなにも悪いことだったのだろうか。酔っているから？

私が首を傾げると、彼は嘆息《たんそく》して私の頭を撫でた。

「……まあ酔っ払いに何言っても無駄だよね。よし、分かったよ。じゃあ、ミーナの体調と相談しながら見て回ろうか」

「えっ!?　いいんですか？」

「ただし、体調が悪くなった場合は我慢せずに、ちゃんと言うこと。帰りたくないからって嘘吐いちゃいけないよ。それから、できれば今後は僕がいないところでのお酒は控えてほしいな。心配だからね」

「は〜い」

「僕、ミーナには敵わないかも」

テオさんの提案に元気良く頷《うなず》くと、彼はそう言って苦笑した。その言葉の意味は分からなかったけど、それよりも私は観光の続行を許してもらえたことで胸がいっぱいだ。

酔ってるから絶対ダメって言われると思ったのに、とても嬉しい。

「テオさん、ありがとうございます。ふふっ、テオさんはホスピタリティの塊《かたまり》ですね」

「はいはい。しっかり歩こうね」

どうやら私の賛辞は酔っ払いの戯言《たわごと》としてスルーされてしまったようだ。


そのあとはテオさんに子供のように扱われながら大聖堂へ戻った。今度は屋上からではなく、ファサードの右側の入り口から中に入ったので、入場してすぐに大聖堂内部が視界に飛び込んできて、さっきとは違った感動があった。

中に入り、彫刻や石棺《せっかん》、ブロンズ像などを一つひとつ見ていく。

「わぁ、この彫刻すごい」

「これは聖バルトロメオ像だよ。皮剝《かわは》ぎの刑で殉教したとされる聖人だから筋肉組織が剝《む》き出しになっているんだ」

どうりで……。それにちょっと怖い顔……

私がしげしげと見ていると、彼がその像を指差した。

「あの肩から腰にかけて掛かっているものは、布じゃないんだ。何だと思う？」

「え？　服？」

いや、服も布だ。お酒のせいか、いまいち頭がはっきりしない。私は目を眇《すが》めてバルトロメオさんをじーっと見つめた。すると、テオさんが私の肩に手を置く。そして、耳元で囁いた。

「皮膚だよ」

「ひ、皮膚っ⁉」

驚いて後ろに飛び退《の》くと、すぐ後ろにいたテオさんが受け止めてくれる。そして、ギュッと抱き締められた。

「テ、テオさん」

「ミーナにはちょっと刺激的だったかな？　怖い？」

「い、いいえ、大丈夫です」

布じゃなくて皮膚だったという驚き以上に、今テオさんに抱き締められているということのほうが、私には大事件だ。背中に感じる彼の胸板が、私の酔いを覚ましていく。

テオさんに抱き締められるのは今が初めてじゃない。きっとイタリアの人はスキンシップも多めなのよ。だから慣れなきゃ。いちいち反応していたら、身がもたないわ。

「じゃあ次はミーナの好きなものを見よう。あのパイプオルガンとか好きなんじゃないかな？　どう？」

「わぁ！　大きい……」

彼が指す方向を見ると、大聖堂の奥に主祭壇があった。その左右に二台のパイプオルガンが向かい合わせに置かれている。その大きさに目を丸くする。

すごい。もっと近くで見たいかも。

テオさんの腕の中から逃れ、パイプオルガンに近づこうとする私の腰に彼の手が回る。

「ミーナ、足元に気をつけてね」

「ありがとうございます……。もっと近くで見たいので、近寄ってもいいですか？」

「もちろんいいよ。やっぱり思ったとおり、ミーナは好きだったね、パイプオルガン」

「はい。大好きです」

「このパイプオルガンはね、ヨーロッパで二番目に大きいんだよ」

へぇ、じゃあ一番はどこなんだろう。

「ちなみにヨーロッパ一大きいのはドイツ・パッサウの聖シュテファン大聖堂だよ」

私がそう思ったのが分かったのか、すかさず教えてくれた。腰を抱かれているせいか、耳の近くで彼の声が感じられて、ゾクゾクしてしまう。

ちょっとした彼との触れ合いにすら胸を高鳴らせてしまう自分を悟られたくなくて、私は彼から体を離した。

本当にしっかりしなきゃ……！

大聖堂内に四十点くらいある美しいステンドグラスが、なんだか眩《まぶ》しくてたまらない。

こんなことで意識してしまう弱い自分を激励してくれているみたいだ。

そして、そのあとは守護聖人の礼拝堂の前で懺悔《ざんげ》という名のお祈りをし、地下聖堂へ行った。そしてここでも二つの礼拝堂でまたしっかりとお祈りをする。

いっぱい色々なところが見られて嬉しいけど、地下聖堂が撮影禁止なのはちょっと悲しかった。

記念の写真欲しかったな。

「ミーナって信心深いんだね」

「そういうわけじゃないんですけど、礼拝堂を見ると手を合わせなきゃいけない気がして。それに、テオさんとの出会いは何度神様にお礼を言っても足りませんから」

それだけじゃなく、テオさんの一挙一動に反応してしまう弱い自分を神に懺悔《ざんげ》したい……

イタリア人女性は男性が日常的にこんな感じで大変じゃないのかしら？　それとも慣れているのかな？

「ミーナ」

すると、テオさんが突然私の肩に甘えるように頭を乗せた。

どうしたんだろうと思いつつ、彼の頭をおそるおそる撫でると、彼は「まいったな」と、とても小さな声で呟《つぶや》く。その言葉にハッとした。

「ごめんなさい、疲れましたよね？　朝早くから振り回しちゃって、私ったら」

寄りかかりたいほど疲れているなんて気がつかなかった。私が慌てていると、彼が顔を上げて「違うよ」と笑う。

「大丈夫だから、考古学エリアに行こう」

「え？　でも……。疲れているなら、もう帰ったほうが」

「僕は元気だよ。ちょっとミーナに甘えたくなっただけ。さあ、おいで。考古学エリアはローマ時代の貴重な壁画や棺《ひつぎ》、モザイク画、井戸などを見学することができて、とても興味深いんだ」

元気ならいいんだけど、本当に大丈夫かしら？

彼の様子を観察するようにじっと見つめながら手を繋ぎ、大聖堂の入口付近にある階段から地下に降りた。すると、サン・ジョヴァンニ・アッレ・フォンティ洗礼堂の遺跡が見えてくる。

なんだかすごい……！　本当に遺跡の中に入ったみたい。

上の荘厳な大聖堂と同じ建物内とは思えなくて、私はぐるりと中を見回した。

「地下に遺跡が眠っているなんて、素敵ですね。考古学のロマンが感じられます」

「この洗礼堂はね、大聖堂を建てるために取り壊されたんだ。だから、地下に残っているんだよ。地下鉄の工事中に偶然発掘されるまで、数世紀にわたって完全に忘れ去られていたんだ」

「数世紀も……」

それを聞いて、今の自分の発言がなんだか恥ずかしくなった。それと同時に物悲しくなる。

私は目頭が熱くなってきて、滲《にじ》む涙をごしごしと拭《ぬぐ》った。

嫌だ、私ったら。お酒のせいで涙脆《もろ》くなっているのかしら。

「ミーナ？」

「ごめんなさい。何世紀もの間、人々の記憶から消えてしまうなんて、とても寂しいなって思ったらつい……」

私なら絶対に耐えられない。早く見つけてほしいと思うもの。

「ミーナは優しいね。代わりに泣いてもらえて、きっとこの遺跡も喜んでいるよ」

そう言って、彼は私の涙を拭《ぬぐ》い、微笑んでくれた。彼の私を見る目があまりにも穏やかで温かく優しい。その眼差しに、また涙が出そうになってしまう。

優しいのは私じゃなくてテオさん、あなたですよ。あの時あなたが空港で私を見つけてくれたから、私は今ここにいられるんですよ。

3

「……ん、いま、なんじ？」

翌朝、寝ぼけ眼を擦《こす》りながら枕元に置いてあるスマートフォンを手探りで取る。ぼんやりした頭で時刻を確認すると、一気に眠気が吹き飛んだ。

「え？　もうこんな時間!?」

ああもう、失敗しちゃった。テオさんがモーニングティーを持ってきてくれる時間にはきちんと起きて、メイクまで済ませておきたかったのに……

慌ててベッドから飛び降り、顔を洗って歯を磨く。髪を梳《と》かし、寝癖を直しているところで、ノックの音が聞こえた。

あ！　もう来ちゃった！

「は～い！　ちょっと待ってください！」

バタバタと走りながらパジャマのまま、ドアを開ける。すると、クスクス笑っているテオさんが立っていた。

「おはよう。よく眠れたようだね」

「お、おはようございます」

「でも、そんなに慌てなくても大丈夫だよ。もともと、モーニングティーはベッドまで届けるものだから、ミーナはベッドで待っていていいんだよ」

慌ててしまい息が乱れている私に、すべてを察したテオさんが笑う。おそらくドアを開ける前からバレていたのだろう。

うう、恥ずかしい。

頬を赤らめて気まずそうに視線を逸《そ》らすと、彼は私の手を引きソファーまでエスコートしてくれた。

「そうは言われても、寝起きの姿ではなくお洒落《しゃれ》をした姿で出迎えたいのが女心なんです」

「分からなくはないけど、当ホテルに滞在している時くらいはのんびり過ごしてほしいな。僕には気を遣わないでって言っただろう」

いいえ、私はあなただからこそ、身なりに気を遣いたいんです！

心の中で叫びながら、モーニングティーの用意をしているテオさんをじっとり見つめると、ウインクで返されてしまった。

まあテオさんからしたら、本当に気にならないのだろう。きっと彼は私があのまま眠っていたとしても、優しく起こしてモーニングティーを用意してくれていたはずだ。

分かっている、それが彼の仕事だ。でも、なんだか少し寂しい。私はバルコニーから差し込んでくる陽の光を遠い目で見つめた。すると、膝をついてモーニングティーをテーブルに置いたテオさんが、バルコニーのほうに視線を向けている私の頬に触れる。

「テオさん？」

「僕としては寝起きの無防備な姿を見せてもらえるのは役得なんだけど、分からない？」

「……っ！」

目を細めて私を見つめる彼にドクンと脈打つ。動悸が著《いちじる》しく激しくなって、彼から目を離せなくなった。

「ミーナ、これを飲んだら朝食を食べておいで」

真っ赤な顔で硬直している私に、彼はそう言って少し悪戯っぽく笑って立ち上がった。

「は、はい」

テオさんがそう言ってくれるなら、少し寝坊をしちゃってもいいかも。

さっきまで少し寂しかった気持ちがもうどこかに行ってしまい、今では嬉しさとドキドキで心が華やいでいる。彼のそのような言葉一つで喜んでしまう私は、彼の手のひらの上で転がされている気分だ。それでもいいと思ってしまうから恋は始末が悪い。

「ちょろい私が言うのもなんですが、テオさんって天然の人たらしですよね」

私が小声で呟《つぶや》くと、ティーカップを片づけていたテオさんが顔を上げる。

「え？　何か言った？」

「いいえ。何でも」

私はクスクス笑いながら返事をして、クローゼットからカジュアルな服を引っ張り出し、朝食を食べに行った。そして朝食後はシャワーを浴び、メイクをしてから、一張羅のネイビーのワンピースに袖を通す。ウエストのスリット部分からプリーツスカートが覗いている大人っぽくてお洒落《しゃれ》なワンピースだ。ほどよい広がりで、シルエットが綺麗なので気に入っている。

「ミーナ、可愛い。そのワンピース、よく似合っているよ。でも少し手を加えてもいいかい？」

そう言ってテオさんは鏡の前に私を座らせ、髪を軽く内に巻いてくれる。綺麗にセットしてくれる彼に私は目を輝かせた。

すごい！　テオさんったら、髪のセットまでできるのね。

その後はウキウキ気分で、昨日見損ねたドゥオーモ博物館へ向かった。

建物の規模としては大聖堂と比較すると小さく、作りも比較的簡素な印象を受けた。

「こちらが入り口だよ」

私が博物館を見上げていると、テオさんがそう言って私の手を引いてくれる。

「大聖堂に比べて少し地味だと思うかい？」

「いえ、そんなわけでは……」

「でもミラノ公国が独立を失うまでは、ここは王宮だったんだよ。ミラノの繁栄の歴史を知る上で非常に重要ともいえる場所かな」

「王宮だったんですね……！」

でも権力者が権勢を誇って暮らした宮殿のようには、とても見えなかった。大聖堂が重厚で立派すぎるせいだろうか。そんなことを考えながら中へ入ると、ガラリと変わる雰囲気に圧倒された。

「え？　すごい……」

中は外観とは打って変わって豪華絢爛だった。大理石でできた大階段と、繊細な彫刻で飾られた各部屋。イタリア全土から集められた調度品。テオさんの言うとおり、まさに王宮だった。

「びっくりしました。外と中じゃ、雰囲気がとても違うんですね」

それに一番びっくりしたのは大聖堂の床が展示されていたことだ。昨日自分が歩いた床を真正面から見られるなんて、とても面白い。

「それじゃあ、もっとびっくりさせちゃおうかな」

テオさんは興奮気味な私の手を引き、ステンドグラスの前に連れて来てくれた。

「綺麗……」

目の前に広がるステンドグラスの美しさに感嘆の言葉が漏れ出る。キラキラしていて、それ以上言葉が出てこなかった。

「大聖堂のステンドグラスは美しいけど、間近で見るのは不可能だろう。でも、ここに来れば目の前で楽しめるんだ。気に入ったかい？」

「はい」

本当にとても綺麗。

触っちゃいけないけど、手を伸ばせば触れられる距離で見られるのは感激だ。

私が目を輝かせていると、テオさんが「次はもっとミーナが喜ぶところに行こうか」と、微笑みながら長身を屈《かが》め私の顔を覗き込む。

私がもっと喜ぶところ？

今でもとても楽しんでいるのに、これ以上のところがあるんだろうか。ワクワクしながらテオさんについて行くと、博物館のコースの途中に中庭のようなところがあった。すると、「おいで」と手を引かれて中庭に出る。その瞬間、目を見張った。

「マリア様！」

そこには大聖堂の屋上で見た聖母マリア像の等身大レプリカがあった。テオさんの言葉通り、本当に喜ぶところに連れてきてもらえて、私は嬉しさのあまりマリア様の像に駆け寄った。

わぁ、マリア様って私より身長が高い。

横に並んでみると、テオさんがスマートフォンを構える。

「マリア像と一緒に記念撮影をしようか。こっちを向いて」

「はい、お願いします」

上擦《うわず》った声で返事をして、彼に体を向け、ニコッと微笑む。すると、彼が数枚写真を撮ってくれる。そして、「可愛く撮れたよ」とスマートフォンの画面を見せてくれた。

「わぁ、とても綺麗に撮ってくれたんですね。ありがとうございます」

マリア様と一緒に記念撮影だなんて、なかなかできることじゃないわ。しかも大尖塔《せんとう》を飾る大聖堂のシンボルであり、私が初めてお祈りを捧げたマリア様。

うっとりとスマートフォンの画面を見つめていると、私はあることに気づいた。

あら、このスマートフォン。私のじゃない！

……ということは。そう思い、テオさんを見上げると、ニヤリと楽しげに笑う彼と視線が絡み合う。

「写真を送るよ。連絡先交換してくれるかな？」

「……っ！」

嬉しい！　早速、マリア様の加護をもらえた気分だ。

私はメッセージアプリの画面に表示されている彼の名前と送ってもらった写真を見つめて、うふふと笑った。

これで、日本に帰ったあとも繋がりが残るわ。彼から教えてくれたんだし、たまに近況を報告しあうくらい許されるわよね？

ギュッと胸にスマートフォンを抱き締める私を見て、テオさんがまた笑った。

「さて、それでは教会に行こうか」

「はい！」

そう言って、テオさんがガラスの扉を開けてくれる。彼の腕を取り通路を進むと、博物館の中とはまた違った雰囲気の場所に出た。

シンプルだけれど可愛らしい造りの教会に、心が躍った。

「こじんまりとして可愛らしい雰囲気ですね。豪華なのもいいですが、こういう雰囲気のほうが落ち着きます。ずっと居られそう」

「ミーナは喜んでくれると思っていたよ。本当に君は案内しがいがある」

「だって、テオさんが私の喜ぶところにばかり連れてきてくれるから。だから、とても嬉しくてはしゃいでしまうんです」

えへへと笑いながら、祭壇の反対側に掛けられた絵画に視線を移した途端、テオさんが私の手を取った。反射的に彼を見上げる。

……テオさん？

そして彼は結婚式の真似事をするみたいに、私の左手の薬指にキスを落とす。

「ミーナ、大好きだよ。神の前で、君に真心を尽くすことを誓うよ」

「〜〜〜っ！　わ、私も、神様の前で誓います！　テオさんに真心を尽くします！　す、好きです！」

「ありがとう」

テオさんはどさくさ紛れにした私の告白を笑顔で受け流す。それもそうだ、これは真似事だもの。少し残念だけど、それ以上に嬉しかった。

これは本当の誓いではないのは分かっているけれど、今二人だけの心の繋がりのようなものができた気がする。私、このミラノで過ごしたテオさんとの日々だけで、この先の人生を幸せに生きていける気がします……！

そんなことを言ったら、テオさんは大袈裟だと言って笑うかしら？　それとも困惑するかしら？

その後、教会から博物館へと戻り、ひと通り見て回るとカフェを見つけた。

あら、博物館の中にカフェがあるのね。

ここで昼食を食べられたら、いい思い出になりそう。でも、まだ少し時間が早いかしら？

「ミーナ。少し早いけど、ここで昼食にしようか？」

「いいんですか？」

「もちろんだよ」

スマートフォンの時計を見ていると、心を読んだみたいにテオさんがそう提案してくれる。彼の気遣いが嬉しくて、手を差し出してくれる彼の手を取り、意気揚々と店内へ入った。

「このあとはどこに行きますか？」

「それは到着するまで秘密にしておこうかな」

コーヒーを飲みながら問いかけると、テオさんは悪戯を仕掛ける少年のような顔で笑う。ご機嫌にパニーニを頬張りながら、彼のその言葉と表情に心が浮き立った。

どこに連れて行ってもらえるのかしら。テオさんの表情《かお》を見るに、とても楽しいところに違いないわ。それとも、あっと驚くようなところだったりして。次に行くところが気になり、そわそわしながら昼食を食べ終わると、テオさんが手を繋いでくれる。期待に胸を膨らませながら彼についていくと、博物館から、二、三分歩いたところで教会が見えてきた。

「あ！　テオさん、ここにも教会がありますよ」

「正解」

私が教会を指差すと、テオさんがそう言って笑った。

「次に行きたいところはここだよ。僕が好きな教会なんだ。久しぶりに来るけど、何も変わっていなくてホッとしたよ……」

教会を見て懐かしむテオさんの表情を見て、多幸感に包まれた。

「テオさんのお気に入りの教会に連れて来てもらえるなんて嬉しいです。ありがとうございます」

そう言うと、彼が嬉しそうに微笑んでくれる。

秘密の場所に連れてきてもらえたようなワクワク感とテオさんの好きな教会はどんなところなのだろうという期待感に胸を膨らませながら中に入る。

中は誰もいないせいか、とても静かで落ち着いてお祈りができそうな空間だった。ぐるりと中を見回すと、奥にある祭壇に目を引きつけられる。

「とても綺麗な祭壇だからでしょうか。あの祭壇、なんだかとても気になります」

「なら、そのまま、まっすぐ歩いて祭壇に近づいてみるといいよ」

「……え？」

テオさんが私の背中を軽く押す。

何だろうと首を傾げながら、言われたとおりに祭壇に近づいてみる。すると、なんだか変な感じがして、私は首を傾げた。

何かしら？　この違和感……

まるで壁が迫ってきているような——なんだか少し変な感覚に襲われた。不安になって振り返り、テオさんを見つめても、彼は楽しそうに笑って「ほら、もう少し近づいてみて」と私の背中を押す。

少し不安だけど、テオさんがついていてくれるから大丈夫よね。そう思って、もう少し近づいてみると、違和感の正体が分かった。奥に空間がないのだ。

「どういうこと？」

入り口から見た時には、確かに人が普通に通れるくらいの空間があったはずのそこは、ネズミ一匹通る隙間すらなかった。私は何度か瞬きを繰り返したあと、目を擦《こす》った。そして、もう少し近づいて斜めから目を凝《こ》らして、よく見てみる。

「あ！」

「ここはね、目の錯覚を利用しているんだ。所謂《いわゆる》、だまし絵というやつだよ」

「違和感の正体はこれだったんですね」

テオさんの話によると、ここの教会は敷地がとても狭くて、祭壇の後陣を作ることができなかったらしい。そのため苦肉の策で、遠近法を用いたトリックアートを描き、祭壇に奥行きがあるように見せかけているのだそうだ。

私はテオさんの話を聞いて、ほうと息を吐く。

「目の錯覚ってすごいんですね」

「そうだね。絶対にミーナは驚くと思ったから、連れて来たかったんだ」

悪戯っぽい表情の理由はこれだったのかと得心がいった。

「それにスペースがないからトリックアートにしちゃえっていう発想が素晴らしい。難しいと思うことも考え方一つで切り抜けられる。何でも無理と決めつける必要はないと教えてくれるから、僕はこの教会が好きなんだ」

テオさんの言葉に、コクリと頷《うなず》く。

発想ももちろん素敵だけど、それを受け入れた教会側も素晴らしい。枠にはまらない柔軟さがイタリアらしいなと思った。当時、一体どんなやり取りがあったのか考えるだけでも楽しい。

祭壇のだまし絵をじっくり見たあとは左側にある礼拝堂で、またお祈りをした。

この奇跡のような贈り物の日々と彼の好きな教会に連れてきてもらえたという喜び……テオさんには何度、お礼を言っても足りない。私がそう感じていると、彼がこう言ってきた。

「もう一つ見せたいものがあるんだ」

「え？」

「ミーナ。ここの魅力はこれだけじゃないんだよ」

そう言って彼は嬉しそうに、私の手を引き、礼拝堂と反対側にある洗礼堂にエスコートしてくれる。中に入ると、そこはとても小さな部屋だった。

ここはどういう場所なのかしら？

私がキョロキョロしているとテオさんが天井を指差したから、顔を上げてその指の先を見る。

「わぁ、すごい……」

天井から差し込む陽の光がキラキラと煌《きら》めいていた。

「綺麗だろう。トリックアートも素晴らしいんだけど、僕はここから差し込む光も好きなんだ。大聖堂と比べるとなんてことないかもしれないけど、ミーナには見てほしかったんだ」

ギュッと手を握りながらそう言われて、私は顔を綻《ほころ》ばせた。

「私もテオさんと一緒に見られて嬉しいです。テオさんの好きなもの、もっと知りたい。教えてください」

そう、私もっとあなたを知りたいの。自分では止められないくらいあなたを好きになってしまったから……

毎日がとても楽しい。でも、こうして彼と過ごす日々が積み重なるごとに、刻一刻と日本に帰る日が近づいて来る。こうして今、毎日当たり前のように会えている人が、きっと数日後には簡単に会えない人になる。

——だから、もっと思い出をください。あなたと過ごした思い出をたくさん私にください。

「ミーナ」

揺れる目で彼を見つめると、優しく名前を呼ぶ声と共に彼の手が伸びてきて、私の頬に触れた。

私を見つめる彼の瞳がどこか甘い。吸い込まれてしまいそうな眼差しに動けずにいると、彼の顔がゆっくり近づいてくる。

彼に見惚《みと》れているうちに、徐々に二人の距離が縮まっていく。私は次のアクションに期待しながら目を閉じた。同時に教会の扉が開き、人が入ってくる足音が聞こえた。その途端、人が来たことに焦った私は弾《はじ》かれたように飛び退《の》いてしまう。

「あ……」

「そろそろ行こうか」

やっちゃったという顔をした私とは対照的にテオさんは何事もなかったように微笑み、私に腕を差し出してくれる。それが寂しかった。

テオさんは少しは残念だと思ってくれているかしら？

……このまま誰も入って来なかったら。ううん。私が飛び退《の》いたりしなかったら、私たちは——

そう思いながら、彼の腕に自分の手を絡める。そして、そっと空いているほうの手で自分の唇に触れた。

キスしてほしかった……

「……！」

そう考えている自分に気がついて、慌てて自分の両頬を叩く。

やだ、私ったら。何を考えて……

旅先での恋は燃え上がりやすいとはいうが、本当にそうだ。一緒にいてもらえるだけで幸せなのに、もっとその先を望んでしまう。私、どんどん欲張りになっているわ。

そのことに気づいて、唇をキュッと引き結ぶ。

しっかりしなきゃ。テオさんを困らせるのだけは絶対にいけないわ。

「ミーナ、どうしたの？　元気ない？　もしかして、さっきの怒ってる？」

「……！　ち、違います！　怒ってなんて」

「なら、いいんだけど。ちょっと調子に乗りすぎたかと心配したよ」

テオさんの戯《おど》けるような笑顔に胸が痛くなる。そんなの、もっともっと調子に乗ってくれてもいいのに……そう思った時、期待感がちょこんと顔を出した。

さっきのは、ただの衝動？　それとも、もしかしてテオさんも私と同じように――

そこまで考えて、はたと動きを止める。都合の良すぎる考えに、途端に恥ずかしくなって、私は心の中で自分を叱咤した。

もう私のバカ！

そのあとは気を取り直して、昨日食事をしたリストランテがあるガレリアの中を抜けてスカラ座へ向かう。

「ここはパリのオペラ座、ブエノスアイレスのコロン劇場と並んで世界三大劇場の一つに数えられる劇場なんだよ」

「はい。名前だけしか知りませんが、知っています。確かオペラの聖地なんですよね」

そんな話をしながら、スカラ座に併設されている博物館の中に入っていく。

そこで、スカラ座の歴史や黄金期を牽引《けんいん》したプリマドンナたちの肖像画を見ると、自分もオペラに詳しくなった気持ちになるから不思議だ。

オペラとか観たことがなかったけど、ちょっと興味が出てきた。日本に帰ったら、夏帆を誘って行ってみるのも悪くないかも。でも、やっぱり行きづらいのよね。

そんなことを考えながら、肖像画を見つめていると、テオさんが私の腰を抱いて引き寄せた。

え……？

「ミーナ、そろそろ行こうか。間に合わなくなる」

「間に合わない？　ごめんなさい、このあと何か予定があったんですか？」

「違うよ。謝らないで。実は夜にミーナと一緒にスカラ座でオペラを楽しもうと計画していたんだ。だから、その前にショッピングをしよう」

えっ⁉　オペラ？　ショッピング？

状況が呑み込めずに硬直している私の腰を抱いたまま、博物館を出てアーケードの中へ戻る。

「えっ⁉　テオさん？　そこは無理です。私には格式が高……」

「大丈夫だから。せっかくオペラを観に行くんだし、着飾ろうよ」

大丈夫じゃないです！

私の言葉を遮って、強引にハイブランドのブティックに私を放り込むテオさんに心の中で叫んだが、もちろん届かない。

＊＊＊

うう、どうしよう。場違いすぎて、逃げたくなってきた。

私は完全に震え慄《おのの》いていた。

テオさんの後ろに隠れながら、ラグジュアリーな店内を見ていると、責任者のような人が恭《うやうや》しく頭を下げる。そしてＶＩＰルームのような別室に通された。

顔パスで奥に通されるって、テオさんって一体何者？　それともトリエステホテルの力なのだろうか？　そんなことを考えながらキョロキョロしていると、彼が店員のお姉さんに私を引き渡した。

「ひぇっ」

「怖がらなくても大丈夫だよ。ミーナは好きな服を選べばいいんだから」

「でも、こういうお店は初めてでどうしたらいいか。それに、悪いです」

「ミーナ、いつも言っているだろう。これは僕が好きでしていることだから、気にしなくていいって。それとも、もしかして迷惑だった？」

テオさんがとても沈んだ顔をした。ここで本音を漏らしたりしたら、彼はもっと落ち込むだろう。彼を悲しませたくなくて、本当は緊張のあまり逃げ出したいと思っているだなんて言い出せなかった。

「じゃあ、私には分からないのでテオさんが選んでください」

「いいのかい？　光栄だな」

私が折れたことが分かると、彼の表情が明るくなった。今まで見たことがないくらい良い笑顔に唖然《あぜん》としているうちに、テオさんと店員さんが一緒になって服を選び始める。

……私、もしかして失敗した？　せめて一番安いものを、自分で選んだほうが良かったのかもしれない。

「ではミーナ様、何着かご用意させていただきましたので、ご試着ください」

「は、はい」

「ミーナ、大丈夫だから、行っておいで」

店員さんが日本語で話しかけてくれる。イタリア語に自信がない私には嬉しい配慮だけど、この状況にどうしても怯《ひる》んでしまう。覚悟したはずなのに、つい一歩後退《あとずさ》ってしまった私の退路を断つように、テオさんが肩に手を置いて微笑みかけてくる。前には、にこやかに笑う店員さん。後ろには楽しそうなテオさん。私は顔を引きつらせた。

いい？　女は度胸よ、美奈。頑張るのよ、私。こんな経験、もう二度とできない。それにこれきりなのだから、いっそ開き直って楽しんじゃうのもありかもしれない。私はそう決意を固めて、フィッティングルームへ足を踏み入れた。

テオさんが任せればいいと言っていたとおり、何もしなくても手際良く着付けてくれる。そのおかげで着方が分からないという失態を犯さずにすんだことにホッとした。そして着替えが終わると、テオさんの前に出るように促される。

……テオさん、気に入ってくれるかしら？

戸惑ってはいるものの、やはり着飾って好きな人の前に立つのだ。可愛いと思ってもらいたい。

私はドキドキしながら、彼の前に立った。

「ミネルヴィーノ様、どうでしょうか？」

「上品かつスタイリッシュで、とても素敵だね。シンプルだけど、計算されたシルエットはさすがというべきかな。ミーナにとてもよく似合っている」

それからは一着ごとに、テオさんに見せる。そして彼は私を褒め倒し「次はあれを着てみようか」と言うのだ。褒めてもらえるのは嬉しいが、まるで自分が着せ替え人形にでもなった気分だった。

くるくる着せ替えられて目が回りそう。

そのあとは息を吐く間もなく、ドレスやワンピースを着替えた。

私が息切れし始める頃に、ようやく納得したのか、テオさんからＯＫが出た。

「このシルクシフォンのロングドレス、とてもミーナに似合ってる。プリーツをたっぷりと使ってあるから、とても華やかだしミーナの美しさと可憐さを最大限に引き出してくれている。今日のオペラに合いそうだし、これに決めようかな」

「さすが、ミネルヴィーノ様。このドレスをお召しになったミーナ様は上品でエレガント。歩く姿はさぞかしドラマチックでしょう」

「……」

とても和やかに話している二人を遠い目で見つめながら、ドラマチックとエレガントについて考えてみたけど、よく分からなかった。私が早々に考えるのをやめてジュースを飲みながら休憩していると、隣にテオさんが腰掛け「ミーナは気になる服とかなかった？」と聞いてくる。

「え？　私ですか？」

「今、着たものじゃなくても、気になるものがあったら、教えてほしい。ミーナはどんな服を好むんだい？」

その言葉に、店内をキョロキョロと見回す。すると、シャツ風の白いワンピースを見つけた。

「あ！　あれ可愛い……」

「どれ？」

テオさんが聞き返したのと同時に店員さんが、さっとそのワンピースを持ってきてくれる。手に取ると、とても肌触りが良くて可愛かった。

「じゃあ、それもいただこう」

「……！　待って、待ってください。そういう意味で言ったんじゃ……。可愛いとは思いますが、ここの服は私には分不相応です」

「遠慮しないで。絶対、ミーナによく似合うよ」

「本当にもういいです！　オペラに着ていくドレスだけで充分なので！」

「そうかい？」

大きく首を横に振って私が必死にそう言うと、テオさんは残念そうに私を見る。

「では、このブラックチュールドレスなどはどうでしょうか？　昼夜を問わず活躍する一着ですよ」

「そうだね、じゃあそれと。そのデコルテが綺麗に見えそうなブラックの落ち着いたワンピースも見せてもらおうかな。シルエットのラインがとても美しい」

その二人の会話に思わずギョッとする。

え？　もう終わったんじゃないの？

なんてことだろうか。つい可愛いと言ってしまったせいで、服選びが再開されてしまった。

でも選ばれたドレスは覆《くつがえ》らなかったようで、私はシルクシフォンのロングドレスを着せられ、違うお姉さんに別室に連れていかれた。そこでヘアメイクを受ける。

するとみるみるうちにドレスが似合う大人びた女性へと変わっていった。

「え……？　これが私？」

まるで魔法にでもかけられたみたいに美しく変貌を遂げる。そして、仕上げとばかりにイヤリングとネックレス、それからブレスレットを着けた。

雰囲気に呑まれているせいだろうか、それとも高価だからだろうか。すべてが煌《きら》めいて見える。

落とさないように気をつけなくちゃ。

「ミーナ、とても素晴らしいよ！　美しい！」

支度が終わり、テオさんにおずおずと近づくと、彼が歓喜の声をあげた。満面の笑みで褒めてくれる彼にはにかむ。

「はい、とても綺麗にしていただきました。まるで魔法にかかったみたいです。こんなにも素敵なドレスとヘアメイクをありがとうございます」

「魔法なんかじゃないよ。少し手を加えただけだ。ミーナがとても可愛く美しいから、映《は》えるんだよ」

「〜〜〜っ」

彼が本当にそう思っているように思えて、私は顔にボッと火がついた。

そのあとは、まるでお姫様のようにエスコートされ、スカラ座へ移動する。

イタリアではオペラを『神々への賛辞のための音楽』と呼ぶそうだ。その呼び方に相応《ふさわ》しい荘厳な建物に、身が引き締まる思いだった。昼間とは全然違う雰囲気に、ゴクリと息を呑む。私は緊張のあまり、スカラ広場内にあるレオナルド・ダ・ヴィンチと彼の弟子の像にしがみつきたくなったが、そんなことはできないので深呼吸をしてから中に入る。

「わぁ、とても広いですね」

とにかく客席数が多い。馬の蹄《ひづめ》のようにステージを囲む形で客席が縦に組まれていた。

そして、ここでも当然のように個室に通される。

「テオさんって、何者なんですか？」

「急にどうしたんだい？」

「いえ、先ほどのお店でもここでも。そういえばミラノ大聖堂でも、皆テオさんに頭を下げていたなって……」

お客様だから――というだけでは納得できない何かがある気がする。私が訝《いぶか》しげにテオさんを見つめていると、彼は戯《おど》けるように肩を竦《すく》める。

「名刺、渡しただろう？」

「それはそうなんですけど……」

名刺にはテオさんの名前と働いているホテル名が書いてあった。でも本当にそれしか書いていなかったので、肩書きまでは分からない。

テオさんって、もしかしなくてもすごく偉い人なんじゃ……

「ミーナ、いけないよ」

「え？」

「今、一瞬表情が変わった。ダメだよ、変なこと考えちゃ。肩書きなんかでミーナに距離を置かれたら、僕泣いちゃうよ」

「変なことなんて考えていませんし、距離を置くつもりなんてもっとありません。でも私……実はとても偉い人をガイドにするという愚行を、っ！」

その瞬間、頰を両手で挟まれる。そして彼は私の目をしっかりと見据えた。

「滞在中は僕が君のバトラーになるから、おもてなしをさせてほしいと言っただろう。君は僕のゲストなんだ。何も気にすることはない」

「……はい」

「いい子だ」

気圧《けお》されるままに頷《うなず》くと、テオさんは微笑みながら頭を撫でてくれる。そうこうしているうちにオペラが始まった。

演目は『ロミオとジュリエット』だ。

初心者でも楽しめそうな演目に、テオさんの気遣いを感じた。

厳《いか》めしくも重々しいメロディが流れはじめ、両家の人々がずんずんと歩みを進める。そんな中で初めて出逢い心惹かれ合ったロミオとジュリエット。彼らは周囲の目を忍び、想いを育んでいく。

私はテオさんの肩書きへの戸惑いなんて忘れて、見入ってしまっていた。

「とてもすごかったです！　ジュリエットが可憐な少女から大人の女性へと変化を遂げていくさまも素晴らしかった。知っているストーリーなのに、ハラハラドキドキしてしまって、新鮮さと躍動感あふれる舞台に夢中になってしまいました！　連れて来てくださり、ありがとうございます」

終演後、興奮気味に今日の話をしながら、テオさんと夕食を共にする。今日のドレスに相応《ふさわ》しいお洒落《しゃれ》なレストランに連れて来てもらえて、まるでお姫様にでもなったような気分だった。

＊＊＊

「え？」

夢見心地のままホテルの部屋に戻ると、今日試着した服がすべて届いていた。私が可愛いと言って着てみたシャツ風のワンピースまで、すべてだ。

その光景に唖然《あぜん》とする。でも、すぐにハッとしてテオさんを呼ぶためにフロントに電話をかけた。

「え？　テオさん、いないんですか？」

「いえ、いらっしゃるのですが、手が離せないのです。遅くなってもよろしいのでしたら、お伝えいたしますが」

「あ、いえ。忙しいのならいいんです。また明日自分から伝えます」

そうよね。私はバカンスだけど、テオさんは仕事だ。その上、昼間私に構っていてできない仕事もあるだろう。なら、その邪魔をしてはいけない。

明日も会えるのだから、焦る必要はないわ。でも私のせいで、帰ってきてからとても忙しいのなら、謝らなきゃ。あと服も……

こんなに高い服もらえないわ。

そんなことを考えていると、今日は色々あったせいか疲労が一気に顔を出す。私はベッドにポスッと横になると、そのまま眠ってしまった。

＊＊＊

「すごいハマりようだな、テオ」

友人でもあり秘書でもあるレナートがそう言いながら、室内に入ってくる。報告書を読んでいたタブレットから顔を上げると、彼は机の上にファイルを置いた。そしてニヤニヤと笑う。

「仕事人間のテオが女性を連れてきた時は驚いたが、どうやら本気のようだな」

「当たり前だ」

「なら、もたもたしているのはよくない。早く手に入れないと、すぐに日本に帰ってしまうぞ」

「……」

そんなことは分かっている。

だが、彼女は今まで自分の周りにいたタイプとはまったく異なるのだ。僕の肩書きにしか興味がない女たちとは違う。正直なところ、毎日が手探りだ。どうすれば彼女が喜んでくれるか――それを考えるだけで楽しくてたまらない。彼女との時間は枯れた日々を送っていた自分に潤《うるお》いをくれる。

僕はじんわりと温かくなった胸元に手を置きながら、重厚な革張りの椅子に背中を預けた。先ほどまで見ていたタブレットを机の上に放り出して、大きく息を吐く。

あの日、僕は空港でミューズに出逢った。ここはファッションと芸術の街――ミラノだ。ミューズが降り立っても不思議ではないのだろうなと本気で思うくらい彼女は可愛らしく輝いていた。

見ず知らずの他人のために、咄嗟に体が動く。そんなことができる人間は少なくとも僕の周りにはいない。が、彼女は自分が被《こうむ》る不利益を考えもせずに、困っている人のために手を差し伸べたのだ。

その姿を見た時に、心が大きく脈打つのを感じた。とても心優しい彼女に一目で心を奪われたのだ。その想いを自覚する前に、気がついたら声をかけていた。この優しくも危なっかしい彼女《ひと》を、もっと知りたい。いや、この手で守りたい――そう思ってしまったのだ。

今まで一目惚れなど脳の錯覚に過ぎないと思っていたが、自分が経験すると考え方が変わる。運命を感じた瞬間だった。

すべての事柄は神から与えられた機会であるとは言うが、まさにそうなのだろうと真剣に思う。ミーナも言う通り、この出会いは神がくれた贈り物なのだ。

「与えられている時間が短いことは分かっているのだが、ミーナのような純粋な女性をどう口説いていいか分からないんだ」

とても純粋かと思えば、無自覚に僕の心を揺さぶるような言動をする。実はミューズではなく小悪魔なのかと疑ってしまうほどに、彼女の一挙一動が僕を翻弄《ほんろう》する。

「時間がなくとも、急《せ》いては事をし損じる」

「そこは上手くやれよ」

僕が溜息を吐きながら、そう言うと、ホテルの最上階から見事な夜景を見ながら、レナートが肩を竦《すく》めた。

「レナート……」

「昼間に彼女と過ごすために、夜に仕事をこなす。それに付き合わされている俺らは、すでに昼夜が逆転している。そこまでして手伝っているんだから、なんとしてでも成就させてくれ」

そしてレナートは僕の前に新聞を放り投げる。どういうことかと問いかけても返事がなかったので、その新聞を手に取り目を通すと、そこには僕とミーナのことが書かれていた。ミーナが実は僕の隠された婚約者では？　と勘繰《かんぐ》る記事に苦笑する。

「これは……。何とも早計だな。情報の精査がまるでできていない」

「嘘か本当かはどうでもいいんだよ。今まで徹底して女性を側に置かなかったお前が、観光地で女性といればそりゃ噂にもなる。皆、知りたいのさ。あのホテル王テオフィロ・ミネルヴィーノが自らガイドを買って出る理由を。そして、そのシンデレラガールが何者なのか……」

「……」

「一般人である彼女に配慮して、顔と名前が出ないように手は回してあるが、時間の問題だ。その前にさっさと決着をつけろ」

……今夜を入れてあと三夜。三泊すれば、ミーナは日本に帰ってしまう。それまでに僕は彼女の心を手に入れることができるのだろうか。

彼女の笑顔を曇らせたくない。イタリアにいる間はずっと隣で笑っていてほしい。

だが、実は一目惚れだと告げれば彼女はどう思うだろうか。善意でしてくれていると信じていたことが、実は僕を好きになってもらうための打算だったと知れば、落胆させるかもしれない。そう考えれば考えるほどに、怖いのだ。恋は惚れたほうが負けだとはいうが、本当にそうだ。ミーナが絡むといつものように動けない。臆病になってしまう。

「テオ。そろそろ本社に顔を出してくれと連絡が来ている。それだけじゃなく、一週間後にはアメリカに行かなければならない。本当に彼女が好きなら帰国してしまう前に、想いを告げろ。いつも自信満々なくせに、ミーナちゃんの前では自信をなくすお前は面白いが、そろそろタイムリミットだ」

……タイムリミットか。確かにそうだな。僕たちには時間がなさすぎる。

我がトリエステホテルはイタリアのみならず世界各国に展開している。名前の通り、統括する本社はイタリアのトリエステだ。アドリア海を挟んで、ヴェネツィアの反対側に位置するトリエステは、とにかく自然が美しい。一度そこにミーナを連れていきたい。

原点でもある場所で、海に沈む夕日を一緒に眺められたら、臆病な自分から脱却できるのだろうか。いや、今はそんなことを考えている場合ではない。そもそも彼女に想いを告げぬままに、トリエステになど連れて行けない。いや、来てくれないだろう。

思った以上に弱い心に苦笑をして仕事を再開する。それと同時に内線が鳴った。視線の端で、レナートが電話を取ったのを確認し、僕は彼が持ってきたファイルを開く。

「テオ、フロントから連絡があったんだが、ミーナちゃんがテオを呼んでいるそうだ。今は手が離せないことを伝えると、明日でいいと電話を切ったそうなんだがどうする？」

「あー」

そう尋ねてくれる彼に僕は低い声を出した。

聞かなくともミーナの言いたいことは分かる。確実に今日のショッピングについてだろう。

彼女が高価な物に興味がないのは分かっているが、色々な服を着た彼女はとても魅力的だった。

正直、どれも捨てがたく選べなかったのだ。惚れた女性を着飾らせたいのが男というもの。その気持ちを押しつけるつもりはないが、気にせず受け取ってほしいとは思う。

「彼女も疲れているのだから、明日でいいのだったらそれでいい」

さて、明日。どうやって彼女を納得させようかと考えを巡らせながら、レナートにそう返事をして、僕はファイルへ視線を戻した。

さっさと仕事を片づけて、仮眠を取らねば。

明日はミーナとレオナルド・ダ・ヴィンチの絵画『最後の晩餐』を見に行くのだ。

4

「……ナ。ミーナ」

「…ぅん？」

「おはよう。昨夜は無理させすぎちゃったかな？」

自分を呼ぶ声に、ぼんやりと意識が浮上する。寝ぼけ眼を擦《こす》りながら少し体を起こすと、視界にテオさんの笑顔が飛び込んできた。その途端、一気に頭がはっきりしてくる。

「テオさんっ⁉」

「勝手に入ってすまない。ノックをしたんだけど返事がなかったものだから……。モーニングティー飲むかい？」

「はい……」

ベッドまでモーニングティーを届けるよという言葉通り、私の応答がなければ部屋に入ってきて起こしてもらえる。が、そうお願いしていても心臓に悪い。

失敗した……。ちゃんと起きて出迎えたかったのに。

私はがっくりしながら、自分に視線を落とした。

どうやら昨夜は布団もかけずに、そのまま眠ってしまったらしい。というより、昨日帰ってきたままの姿だ。メイクもそのままだし、ドレスも着たまま。私は自分のだらしなさが恥ずかしくなって、慌てて立ち上がった。

こんな姿で好きな人の前にいるのは恥ずかしすぎる……！

「ごめんなさい。昨日はとても楽しくて……。帰ってきたら、そのまま眠っちゃったみたいです。先にお風呂に入ってきていいですか？」

「慣れない場所で引っ張り回したんだから仕方がないよ。今日の朝食は部屋で摂れるようにしておくから、ゆっくり入っておいで」

「ありがとうございます。助かります……」

寝坊をしてしまったけど、今からお風呂に入りたい。正直なところ、今日は朝食抜きかなと考えていたので嬉しい。

私が慣れない手つきで自分についているアクセサリー類を外そうとすると、彼が手伝ってくれる。

「それに僕に話があるんだろう？　朝食を一緒に食べながら話そう」

「いいんですか？」

「もちろんだよ。でもミーナ、ゆっくりだよ。僕を待たせていると思って、決して慌てないこと。

「ゆっくりと疲れをとっておいで」

「はい、ありがとうございます」

「いい子だね」

私が頷《うなず》くと彼はそう言いながら、頭を撫でてくれる。いたわってくれる手つきとその笑顔に、胸がドキンと大きく跳ねた。体温が急速に上がって、熱いくらいだ。

「行ってきます！」

私はそれを知られたくなくて慌ててそう言って、バスルームへ駆け込んだ。すると、彼の困ったような声が聞こえてくる。

「だから慌てないでってば。滑らないように気をつけるんだよ」

寝起きに、あの笑顔は心臓に悪いわ……！

そのあと、なんとなく体を念入りに洗い、お風呂から出た。すると、美味しそうな焼きたてのパンの香りに鼻腔がくすぐられる。甘い香りの中にバターの香りがふわりとして、匂いだけでお腹が空いてきた。ぐぅっと鳴ってしまったお腹に苦笑して、慌てて髪を乾かし、部屋へ戻る。

「わあ、美味しそうですね！」

「ミーナがこの二日、朝食のビュッフェでよく食べていたものを用意するように厨房にお願いしたんだ。良かったかい？」

「ありがとうございます、嬉しいです！」

ついついたくさん食べてしまう海老が入ったカルパッチョもあるし、コルネットもあった。

このコルネット、好きなのよね。見た目はクロワッサンに似ているけど、通常のクロワッサンよりも生地が甘めな上に、チョコレートクリームやジャム、ハチミツなどが加えられていて甘党にはたまらない。好きなものだけが集められた朝食にテンションが上がる。でもすぐにハッとして、気を引き締めた。

いけないわ。はしゃいでいる場合じゃない。あんな高価なものは困りますって、ちゃんと言わなきゃ。

「ミーナの話って昨日のショッピングのことだろう？」

私が真剣な顔を向けると、テオさんがそう言って苦笑した。

「分かっているなら、ああいうのはやめてください。困ります」

「ミーナが高価な装飾品や服を喜ぶタイプじゃないのは知っているし、萎縮《いしゅく》してしまうのも分かっているよ」

「なら……」

「それでも受け取ってほしいな。今のミーナからすれば扱いに困るものかもしれないけど。ああいう上質なものを持っていれば、いざという時に役に立つ時がくる」

テオさんの言葉に押し黙ってしまう。

確かに……ああいうものを持っていれば、昨日のように突然オペラに誘われても困らないだろう。

それだけじゃなく結婚式などにお呼ばれしても慌てなくて済む。

普段使いからフォーマルまで網羅した服がたくさん入ったクローゼットに視線をやりながら、私は「でも……」と言い淀《よど》む。

「もうミーナに贈ったものだから好きに使えばいい。必要がなくなったり、金銭的に困ることがあれば売ればいいし」

売れませんと反論するよりも早く、「まあミーナを困窮なんて絶対にさせないけどね」と言われてしまう。彼はにっこりと微笑んでいるけど、この件に関しては私の『ノー』を受け入れなさそうだ。私はお皿の上の海老をフォークでやや乱暴に突き刺し、口に運ぶ。

「仕方ありません。分かりました。なら、今回に限り受け取らせていただきます」

「本当かい？」

「ただし！　今後は勝手に買って贈るのはやめてください。あと、今日は観光の前にテオさんはこの部屋で仮眠を取ること！　それが条件です」

「仮眠？」

テオさんに強い視線を向けそう言うと、彼が首を傾げる。

「だってテオさん……、夜忙しいじゃないですか。それは昼間に私のお守りをしているからでしょう？　あまり寝ていないんじゃないんですか？　昨夜の睡眠時間はどれくらいですか？」

「……」

テオさんは私の問いかけに笑みを崩さない。笑顔で誤魔化そうとしているのかもしれないが、そうはさせない。

「まいったな」

私が真顔で彼を見つめると、彼は観念したように苦笑して頭を掻《か》いた。

「昨夜は二時間だけかな。でも、僕は大丈夫だよ。このとおり、元気だし」

「二時間……」

私はテオさんの言葉に愕然とした。動揺しすぎて震えてくる。そんな私を見たテオさんが「大丈夫？」とミルクたっぷりのカフェラテを渡してくれた。私はそれを一口飲んで、驚いた心を落ち着かせるために大きく深呼吸をする。

やっぱりちゃんと休ませなきゃ。

「テオさん、私……。あなたが私のためにしんどい思いをするのは、絶対に嫌なんです。観光なんてしなくても、この部屋でのんびり過ごすのも楽しいです。それに私はテオさんのお仕事が終わるまで待っていられます。夜に少しお出かけができるだけでも、私は嬉し……」

「ミーナ」

彼は私の言葉を遮るように抱き締めた。そして、私の肩に甘えるように頭を置いて、抱き締める手にぎゅうっと力を込める。

「しんどくなんてないよ。これは僕のわがままだから」

「でも……」

「それに『最後の晩餐』の予約をしているんだ」

「それはずらせないんですか？」

「難しいだろうね。何せ、希望通りの日や時間に予約を取るのは困難だから……」

彼は抱き締めている体を離して、困ったように肩を竦《すく》めた。

そんなに人気なんだ……。でもそうよね。とても有名だもん。

夕方か翌日にずらせればと思ったが難しそうだ。私はうーんと唸《うな》った。

「ねぇ、ミーナ。帰ってきたら、ちゃんと休むと約束するから、これだけは一緒に見に行ってくれるかい？」

「……分かりました。帰ってきたら、お昼寝しましょうね」

「もちろんだよ」

私は結局、彼の縋《すが》るような目に負けてしまった。とてもじゃないが、キャンセルしようだなんて言えなかったのだ。私たちはその日は『最後の晩餐』だけと約束をして、展示されているサンタ・マリア・デッレ・グラツィエ教会へ向かった。

「私、テオさんに甘えてばかりですね。でも、ありがとうございます。見たいなと思っていたので、とても嬉しいです」

テオさんの体は心配だけど、いざ行くとなると楽しみで、ワクワクしてしまう。

レオナルド・ダ・ヴィンチの絵画は日本でも展示があるかもしれないが、壁画である『最後の晩餐』はミラノまで足を運ばなければ絶対に見られない。テオさんも、とても人気で予約を取るのが難しいって言っていたし、私一人だったら見られなかったかもしれない。

ミラノに来てからずっと彼に甘えっぱなしだ。せめて日本に帰るまでに何かお礼ができたらいいんだけど――なんでも持っている彼に私ができることってあるかしら。

颯爽とミラノ市内を走る車の中で、うーんと唸《うな》っているとテオさんの手が私の手に伸びてくる。そして手をギュッと握られた。

「僕としては、もっと甘えてほしいんだけど？」

「〜〜〜っ！」

私の顔を覗き込みながら微笑みかけてくる、その姿に心臓を射貫かれた。

彼は本当に絵になる。分かってやっているのか、それとも無意識にやっているのか知らないが、本当に心臓に悪い。

私はけたたましい鼓動を刻む胸元を押さえながら、慌てて顔を窓のほうに向けた。心なしか顔も熱い。

「そ、そういえば、『最後の晩餐』がある教会ってどんなところなんですか？」

「こっちを向いてくれたら教えてあげるよ」

緊張を誤魔化すために話を無理矢理変える。すると、テオさんがクスクス笑った。

やっぱり分かってやっているのかしら？

私はおずおずと彼のほうに顔を向けた。すると、彼が満足そうに笑う。

「正確には絵がある場所は、教会に隣接するドメニコ会修道院の食堂の壁なんだ。教会に妻と共に埋葬されることを望んだミラノ公が、自らが眠るのに相応《ふさわ》しい場所として教会を改修させた。『最後の晩餐』は、その装飾の一環として描かれたものなんだよ」

「なんだかロマンチックですね。死後も愛する人と一緒にいるためだったなんて」

そんなにも深く誰かを愛せるなんて素晴らしいことだ。私は？　私はどうだろう？

二年付き合った人に何度も浮気を繰り返され、結局好きだった気持ちは失われてしまった。その気持ちを癒し、新しい自分に出会うために来たこの地で――テオさんに出会った。そして出会ってからずっと惹かれっぱなしだ。

テオさんが好き。出会って間もないけど、抗えないくらい彼を好きになってしまった。でも、私たちは所詮今だけの関係に過ぎない。この気持ちは嘘じゃない。元カレの稔が浮気する時のような一時の感情でもない。この関係に未来はない。テオさんは私にとても親切にしてくれるけど、彼にとってはこれは善意で恋ではない。

私は胸元をギュッと掴《つか》んだ。最初は片想いだけでもいいと思ったのに、いつしかそれを辛いと思う身勝手な自分がいる。彼との別れを考えるだけで胸が痛くて苦しかった。

もし、今彼を好きだと告げたら……きっとテオさんは困るわよね。

ミラノ公が愛する人と眠る場所に選んだ教会で、美術史に残る傑作を見て勇気がもらえたら嬉しい。テオさんと笑顔でお別れができる勇気を――

「さあ、着いたよ」

話をしているうちに、目的地へ着く。すると、六つの付け柱《ピラスター》によって、五つに区切られているファサードが目に飛び込んできた。赤茶色の壁に漆喰《しっくい》で塗られた窓枠の白い縁《ふち》取りがアクセントになっていて、目を引く。

ここがその教会……

私は熱くなる胸を押さえながら教会を見上げた。

「先に教会から見学しようか」

「はい！」

今は何も考えずにただ楽しもう。

元気いっぱい頷《うなず》くと、彼が腕を差し出してくれる。その腕を取り、彼のエスコートで中に入ると、中央の身廊《しんろう》と左右の側廊《そくろう》からなる三廊《さんろう》が視界に飛び込んでくる。その左右にある側廊《そくろう》の壁面にそって、左側に七つ、右側に七つ、合計十四の礼拝堂が並んでいた。

「わぁ、すごい！　こんなにも礼拝堂があったら、どこでお祈りをしていいか迷いますね」

「ミーナにはあっちがおおすめかな」

私がキョロキョロしていると、テオさんがくつくつと笑う。

テオさんは左側側廊《そくろう》の一番奥を指差した。そして手を引いてくれる。彼に促されるまま、小部屋のような部屋に入ると『神の恵みの聖マリア礼拝堂』があった。

「ミーナは大好きだもんね」

テオさんがそう言って笑いながら私の頬をつつく。

ミラノ大聖堂からずっとマリア様にお礼のお祈りをしているせいか、すっかりマリア様好きが定着してしまった気がする。

「僕もミーナに倣《なら》って、君との出逢いとこれからの未来を神に感謝し、祈ろうかな」

礼拝堂を見ながら苦笑していると、彼が鼻歌混じりにそう言った。

冗談めかした言い方だったけど、私たちの未来を願う彼の言葉を聞いて、胸がずきんと痛む。深い意味なんてないんだから動揺しちゃいけないわ。私はこの胸の痛みを悟られたくなくて、無理矢理笑った。すると、彼が私の両手をギュッと握ってくる。

「テオさん？」

彼を見上げると、とても真剣な表情をしていた。私を見つめる真摯《しんし》な眼差しに体が固まって動けない。

単純な私は彼の一挙一動でいとも容易《たやす》く心が揺らいでしまう。

テオさんはこれからも良き友人でいようと言ってくれているのだ。日本に帰ったとしても、連絡手段はいくらでもある。それに、また時間を見つけてミラノに遊びに来ればいい。何も帰国は今《こん》生《じょう》の別れじゃない。彼はそういう意味合いで言っているのだ。
勘違いしちゃダメ。分かっているのに、胸が締めつけられて苦しい。何度自分に言い聞かせても
テオさんを好きになる気持ちが止められない。
テオさん。私は、愚かにもあなたとの未来を願ってしまう。私があなたを好きになってしまった
ことを知っても尚、同じように『これから』を願ってくれますか？
私は彼の視線から逃れるように、中央に飾られたマリア様の絵を見つめた。そして、その隣にあ
る十字架にかけられたイエス様に視線を移す。すると、なんだか怖い気持ちが晴れていった。
神様から後悔をしないようにと言われている気がして、私はゆっくりと目を瞑《つむ》る。
あと二泊もしたら私は帰らなきゃいけない。でもこんな想いを抱えたまま帰って、普通の生活に
戻れるの？　笑顔で何事もなかったように過ごせるの？
ううん、気持ちを伝えておけば良かったと絶対に後悔するだろう。なら、玉砕覚悟で気持ちを伝
えて、この想いに幕を下ろしたほうがいいんじゃないの？　でも……断られると分かっているのに
告白されても困るわよね。
そんな想いがグルグルと頭の中を巡って、私は何度か息を吸って吐いた。そして、テオさんの顔
をしっかりと見つめる。
「ミーナ？」
「テオさん、私……あなたが好きです。ミラノに着いてからずっと優しく寄り添ってくれるあなた

に恋をしてしまいました。こんな私でも、日本に帰ったあとも仲良くしてくれますか？　お友達として……」

「お友達なんて嫌だよ」

「……っ！」

彼がボソッと呟《つぶや》いた言葉が、胸に深く突き刺さる。

「そうですよね、ごめんなさい」

私は唇を戦慄《わなな》かせながら声を振り絞って謝るのが精一杯だった。泣いてはいけないのに、無意識に涙が滲《にじ》んで視界がぼやけてくる。

これでいい。これで良かったんだ。友達にすらなってくれなかったのは悲しいけど、仕方ないわよね。グッと涙を堪《こら》えて笑う。

「テオさん、今までありがとうございました。日本に帰っても、私はこの旅を一生忘れません」

ペコリと頭を下げると涙があふれそうになる。唇をギュッと噛むと、頭上から彼の困ったような声が降ってきた。

「違うよ。そういう意味じゃない」

声音から彼が私を慰めようとしているのが分かり、覚悟を決めて顔を上げる。

「テオさん。はっきり迷惑だって言ってください。どうかこれ以上、私の心を掻《か》き乱すようなことをしないでください。私……バカだから簡単なことで期待をしてしまうの……」

「だから違う。僕もミーナが好きなんだ。友達なんて嫌だし、ミーナが日本に帰ってしまうのも嫌だ。僕も君に恋をしているんだよ」

「……え？」

い、今、なんて？

言葉の意味が一瞬理解できなかった。私は混乱した頭のまま、テオさんを見つめる。

好き？　テオさんも私に恋を、してる……？

彼の言葉を何度も頭の中で繰り返していると、テオさんが苦笑いをした。

「実は……あの空港で僕は君に一目惚れをしたんだ」

「は……い？」

テオさんの言葉にさらに混乱が増す。彼は頬を赤らめ軽く咳払いをすると、いつもの優しい微笑みを向けてくれる。

「何とも思っていない女性を自分のホテルに連れて行って、観光のガイドなんてしない。僕はそこまでお人好しじゃないよ。それは下心があったからだ。ミーナも僕を好きになってくれればいいと願う下心が……」

「……嘘……！」

「嘘じゃない。僕はこのチャンスを何が何でもものにしたいと思った。自分が持つすべてを使ってでも君の心が欲しいと思ったんだ。……ミーナ。善意だと信じていたものが、実は違うと分かってがっかりしたかい？　それとも軽蔑した？」

眉を下げて今にも泣きそうな表情《かお》で見てくるテオさんに、気がつくと思いっきり首を横に振っていた。

赤裸々に語ってくれる彼の想いに驚いたが、軽蔑なんてするわけない。それどころか嬉しいに決まっている。

私に想いを吐露《とろ》してくれる彼の姿が、私の心を強く揺さぶる。どうしよう、涙が止まらない。私はぼやけた視界のまま、彼を見つめて笑った。でも、唇が震えてしまって上手に笑えない。

「嬉しい、です。や……やっぱり、神様の贈り物……だった……！」

私は彼に握られたままの両手を自分の額《ひたい》に押し当てた。そして、もう一度想いを告げる。

「大好きです、テオさん」

「僕も嬉しいよ、ミーナ。ずっと僕を好きになれって思いながら君に接していたんだよ。分からなかった？」

その言葉にハッとする。

そういえば、最初から距離が異様に近いなとは思っていたけど、あれってまさか――

「わ、私、てっきりイタリア人男性は皆さんあんな感じなんだと、ずっと思っていました」

「まさか、そんなわけないよ。イタリア人にだって節度くらいある。あーあ。何も伝わっていなかったなんて……ショックだな。やっぱり大切なことは態度ではなく言葉で伝えないとダメだね。

ねぇ、ミーナ。大好きだよ」

「私もっ……私も、大好きですっ！」

テオさんの瞳も私と同じように揺れている。それに涙で滲《にじ》んでいるようにも見えた。

それは私が泣いているせいでそう見えるの？

「ミーナ、本当に僕の愛を受け入れてくれるの？　側にいてくれる？　僕、もう離さないよ。日本にも帰さないよ。それでもいいんだね。僕と結婚してくれる？」

そう確認する彼の声が震えていた。

結婚!?　テオさんと私が、結婚!?

まさかプロポーズしてもらえるなんて思っていなかった私は一瞬呆けてしまう。でもハッとして、すぐに頷《うなず》いた。

「はい、一緒にいます。でも、仕事のこともありますし家族や友人にも話したいです。なので、日本に帰る時はテオさんがついて来てくれればと思います」

「もちろんだよ。君のご両親に挨拶に行くから」

泣きながらヘラッと笑う彼は、そう言いながら私を強く抱き締める。

「愛してる、ミーナ」

そう耳元で囁きながら、彼の優しい手が私の目から流れ落ちる涙を拭《ぬぐ》ってくれる。

「ほんと、うに、私で……いいんですか？　お嫁さん、に……してくれるの？」

「ミーナがいい。ミーナじゃないと嫌だ」

「テ……オ、さん」

真っ赤になって彼の名前を呼ぶと、見惚《みと》れるほどの笑顔で私を見つめていた。その笑顔に釘づけになった瞬間、拍手が聞こえてくる。ハッとして、二人で音のほうに視線を向けると、たくさんの人が私たちを見ていた。

そ、そうだ。ここ、教会……！

そしてここは観光地。そんなところで愛の告白をするなんて、見てくださいと言っているようなものだ。みるみるうちに体温が上がる。恥ずかしさでどうにかなりそうだ。

私はテオさんの手を引っ張って、たくさんの拍手と「おめでとう」という賛辞の中、『最後の晩餐』があるという修道院まで逃げた。ちなみにテオさんは、一人ひとりに「ありがとう」とウインクして返事をしている。

私ったら、私ったら。人が大勢いる場所でなんてことを……！

＊＊＊

「ミーナ、元気出して？」

「うう、ごめんなさい……。時と場所を考えるべきでした」

両想いだと分かって感極まったこともあり、周りが見えていなかったのだ。いや、そもそも告白する場所を間違えた。

「謝らないでほしい。ミーナは皆に聞かれて恥ずかしいと思っているのかもしれないが、僕はとても嬉しかったんだ。ミーナがいつも言っているように、この出会いは神がくれた贈り物。僕もそれを実感したよ」

「テオさん……」

「ミーナは神が僕のもとに遣わせたミューズだ。本気でそう思うよ」

ミュ、ミューズ⁉

そう言ってウインクをするテオさんに、二の句が継げない。たとえ方が、さすが外国の人という感じだ。でも褒めてくれるのは嬉しいが、ちょっと恥ずかしい。

「は、早く行きましょう」

私は恥ずかしさを誤魔化すようにテオさんの手を引っ張りながら、一目散にドメニコ会修道院へ向かった。途中でテオさんが「豪華に飾られた中庭も魅力の一つなんだよ」とか、「シェークスピアの詩の朗誦《ろうしょう》を聞くのに理想的な自然の舞台と称されたことがある」と、中庭について色々話してくれたが、私は脇目もふらずに『最後の晩餐』があるという食堂へ向かった。

「あれが……『最後の晩餐』」

思った以上に大きい！　あ、でも壁画なんだから当たり前かしら。

食堂に入ると、引き寄せられるように絵に近づいた。絵にゆっくり近づくと、テオさんが背中をさすってくれる。

「ミーナ、あまり急ぐと危ないよ。転んだら、どうするの？」

「ごめんなさい。皆の前でテオさんに告白しちゃったことが恥ずかしくて……」

そ、それにテオさんがミューズだなんて言うから……

頬を赤らめて俯《うつむ》くと、彼が身を屈《かが》めて私の顔を覗き込む。そして耳元で「可愛い」と囁いた。耳を掠《かす》めるその声に、カァッと全身が熱くなる。私が拗《す》ねたような顔で睨《にら》むと、テオさんが笑った。

「すまない、本当に可愛くて。でもミーナ、皆は僕たちを揶揄《からか》ったわけじゃないんだよ。祝福してくれたんだよ」

「それは分かって、います……けど」

「僕は嬉しかったけどな、皆に祝福してもらえて。僕たちのことを何も知らない――その場に居合わせただけの人たちが、あのように拍手して祝福してくれる。それって素敵なことだと思わないかい？」

「も、もちろん素敵だと思います。私もテオさんとのことを祝福してもらえるのは嬉しいです。けど、やっぱり恥ずかしさが勝ってしまって……」

私の顔を覗き込んでいる彼から、視線を逸《そ》らす。

「照れ屋なミーナも可愛いな」

彼は私の頭を撫でながらそう言って、そっと私を抱き締めた。

「テオさん！　離してください。目立っちゃうから……」

「目立っちゃいけないのかい？」

「え？」

「恥ずかしいから？　うーん、じゃあ発想の転換をしてみればいい。教会の礼拝堂で皆からもらった祝福は、ミーナが大好きな聖母マリアからのものかもしれないよ。自らおめでとうと言えないから、あのようにあの場にいた皆に代わりに祝福をさせたのかも」

テオさんの言葉に目を見開く。

その考え方、すごく素敵だ。私はなかなかそんなふうには考えられないから、純粋に素晴らしいと思う。テオさんは私の羞恥心を少しでも和らげるために、私が喜ぶことを言ってくれる。テオさんのこういうところが大好きだ。

彼は私の腰を抱いて、頭にすり寄る。そして頭上にキスを落とした。

「そんなこと絶対にないって思ってる？　でもここは、カトリック教会のお膝元イタリアだよ。絶対にないだなんて言い切れないさ」

「ふふっ、そうですね」

その言葉に微笑みながらテオさんを見ると、彼がニヤリと笑う。その自信満々な表情に、もしかすると本当にそんなこともあるかも……と思えてくる。

もしそうだったら素敵よね。

「ふふっ、テオさんってロマンチストですね」

「男はロマンと夢を追い求めるものなんだよ」

つい笑ってしまうと、彼は私の頬をつつきながらそう言う。そして私の頬を両手で挟んで、絵に向けた。

「そろそろ、ちゃんと絵を見よう。ここは食堂に入って十五分。それ以上はいられないんだから、話はあとにしよう」

「はい」

私ったら……。いけないいわ。ちゃんと集中しなきゃ。

私が絵に向き合うと、彼も同じように絵を見つめる。

「テオさん。私、あまり絵画に詳しくないんです。教えてもらえますか？」

「もちろんだよ。うーん、そうだね。この絵には一点透視図法が使われているんだ。今となっては珍しくない図法だけど、この当時の西洋絵画としては初めてとなる試みだったそうだよ」

初めての図法……

テオさんの言葉で私は絵を注視した。確かに壁や机などから導き出せる線を繋ぐと、すべてイエス様の顔に行きつく。

「論ずるまでもなく、この絵の中心はイエスだ。イエスのこめかみ付近に釘を打って中心点とし、四方に糸を張って厳密にこの絵を作り上げたと言われているよ」

釘を……。確かに今のようにパソコンで人物の位置を決めたりすることは不可能だものね。目を凝《こ》らして見ても釘の跡は分からなかった。でもイエス様がわずかに口を開けて、何かを言っているように見える。「この中に裏切り者がいる」という有名な言葉を言っているのだろう。

テオさんに色々教えてもらいながら見ていると、どんどん絵に夢中になってくる。そのせいか、いつしか先ほどのことで落ち着きのなかった胸中が静けさを取り戻していた。

絵に描かれている人の名前や説明書きが掲出されているが、せっかくだからやっぱりテオさんから色々な話を聞きたい。

「テオさん。もっと教えてください。いっぱい知りたいです」

「じゃあ張り切っちゃおうかな」

私がそう言うと、テオさんが嬉しそうに笑う。

「これも描き方の話になるんだけど……。最後の晩餐をテーマに絵画を描く場合、裏切り者のユダをどのように表現するかが難しいところなんだよ。今までこのテーマの絵を描いた画家たちは他の使途を裏切り者と同じ並びでは描きたくなかった。だから、従来の最後の晩餐はユダをイエスの正面に置き、我々に背中を向けた状態で配置するのが基本となっていたんだ」

「へぇ、そうなんですね。ということは、それもまた新しい描き方なんですか？」

「モルトベーネ。正解だよ。この絵を見て分かるとおりに、皆が同じ並びだろう。それだけじゃなく、動きや表情、手に持つ小道具だけでユダと他の使徒を表現している。当時の常識は根底から覆《くつがえ》されただろうね。衝撃だったと思うよ」

テオさんの話を聞くと、とても素晴らしい試みがたくさん詰まった絵だということが分かる。だからこそ、この絵は絵画に興味がない人でも知っているくらい有名なのかもしれない。

時には常識や固定観念に縛られず、新しいことに挑戦してみることが大切なのだと、教えられたような心持ちだった。

その後は他に展示されている作品を見てから、案内の人に出口に向かうように促され食堂を出た。

「なんだかあっという間に感じました。十五分ってやっぱり短いですね」

「でも限られた時間だからこそ、真摯《しんし》に鑑賞ができるというものだよ」

「そうですね」

彼の言葉にふふっと笑いながら、食堂を出てすぐ側のお土産屋さんへ向かう。そこには色々な絵画のポストカードなどが販売されていた。

「あ！　キーホルダーもある……」

「記念に何か買おうか？　プレゼントするよ」

「それはいけません。これくらい自分で買います。それより、テオさん。ミラノに来てから、ずっとテオさんにお世話になりっぱなしなので、何かお返しをさせてください。私にできることは少ないですが、何かしてほしいことはありませんか？」

「……お返し？」

私の手からキーホルダーを取ろうとする彼に、首を横に振ると、彼は首を傾げた。

「でもね、ミーナ。さっきも言ったけど、君を振り向かせるためだったんだ。これ以上望むことは、君がずっと僕の側にいてくれることだけだよ。だから、僕のためを思うなら、僕から離れちゃいけないよ」

「ずっと側にいるのは大前提です。それを言うなら、私だってずっと側にいてほしいもの。なので、それとは別に何か考えておいてください」

一向に引かない私に、テオさんがうーんと唸《うな》る。でもすぐに楽しそうに笑った。その笑みに、なんとなく後退《あとずさ》ってしまうと、腰を抱き寄せられる。

「テ、テオさん。私にできること、ですよ？」

「もちろんだよ。ホテルに帰ったら、早速お願いしようかな」

彼はそう言って、訝《いぶか》しんでいる私の手からキーホルダーと、商品の中から同じものをもう一つ取って、レジへ向かった。

一体、何をお願いされるんだろう。テオさんのことだから、私が嫌がることや本当に困ってしまうようなことじゃないのは分かっている。でも、少し不安だ。

私はテオさんに何をしてあげられるかしら？　料理や掃除とかは得意なんだけど、現在ホテル住まいの彼には必要がなさそうだし……

他に取《と》り柄《え》があっただろうかと考えながら、会計をしている彼の半歩後ろに立つ。すると、買い物を終えたテオさんがいつものように腕を差し出してくれた。

「テオさん。今のキーホルダー、おいくらでしたか？」

「さあ」

「さあって……」

「それより、これ同じものを二つ買ったんだ。お揃いだよ」

彼はこのことに関して議論するつもりがないのか、私の腰を抱いて、運転手さんが待っている車まで鼻歌混じりに向かった。お揃いと言われて強く出られない私は、嘆息《たんそく》して車に乗り込んだ。

＊＊＊

「じゃあ、約束通り昼寝をしようか」

「はい」

ホテルに着いて、車から降りる。そのままテオさんエスコートのもと、エレベーターで部屋へ向かった。ここまではいつもと同じだ。何も変わらない。それなのに、なんだかいつもとは違う胸のざわめきを感じた。変な緊張感が私を包んで、手にじっとりと汗をかいてくる。

私ったらどうしちゃったの？　落ち着かなきゃ。落ち着くのよ、私。

両想いになれたからだろうか。今から好きな人と同じ部屋で昼寝をするからだろうか。分からないが、ホテルに近づくにつれ、その緊張は大きくなった。ホテルに着くとさらにだ。不整脈を起こしたみたいに、私の心拍は普段とは違うリズムを刻んでいる。

深呼吸をして、変な力が入ってしまっている体から力を抜こうと試みる。でも、到底無理だった。私が扉の前で固まっていると、テオさんが私の腰を抱きながら部屋へ入れてくれる。

「ミーナ」

「……っ！」

扉が閉まった瞬間、後ろから抱き締められ、耳元で囁くように名前を呼ばれた。心臓が跳ね上がってしまった私の反応をよそに、テオさんの唇が私の首筋に触れる。そして何度もチュッとキスをされて、体がびくっと震えた。

「テ、テオさんっ！　お昼寝！　お昼寝するんですよね？」

「うん、するよ。でも、せっかく二人きりになれたんだし、キスしたい。ダメかい？」

「〜〜〜っ！」

顎《あご》を掴《つか》まれ、顔を彼のほうに向けられる。先ほどまで私の首筋に触れていた彼の唇が私の唇に触れた。

わ、私、テオさんとキスしてる！

キスをされたのだと自覚すると、もう動けない。石のように硬直してしまった私を彼が抱き上げた。

「えっ？　な、何⁉　あの……、どうして？」

まっすぐベッドに向かう彼に私は狼狽《ろうばい》した。彼はそんな私をベッドに優しく降ろし、額《ひたい》にキスをくれる。

テオさん……

「昼寝をするんだろう？　なら、ベッドで寝るのは当たり前だ。だから、そんなに動揺しないでよ、ミーナ」

「そ、それはそうですが……」

でもキスをしながらお姫様抱っこでベッドまで運ばれると、違うことを考えてしまう。

戸惑った顔でテオさんを見上げると、彼はクスッと笑った。そして、落ち着くようにハーブティーを淹《い》れてくれる。

「シャワー浴びてくるから、ミーナはこれを飲んで待っていて」

「つは、はい……」

テオさんはそう言って、私の頭を撫でてバスルームへ消えていった。

シャワーを浴びてくるから待っていてってどういう意味？　どう取ればいいの？

私は真っ赤な顔を押さえながら、彼が淹《い》れてくれたハーブティーを一口飲んだ。ホッと一息吐くと、自分の中に期待と不安が入り混じっていることに気づく。

正直なところ、期待をしていないと言えば嘘になる。が、想いを通わせてそんなに経っていないせいか、動揺がすごい。私、最後にそういうことをしたのいつだったかしら？

前の彼と付き合っていた二年のうちの最後の一年はほぼ家政婦同然で、もはや男女の関係はなかったので、久しぶりすぎてどうしていいか分からない。

「……どうやってするんだっけ？　始まる時、どんな顔をすればいいの？」

私は気持ちを落ち着かせたくて、もう一口ハーブティーを飲んだ。

両想いになったんだし、テオさんはそういうつもりなのかしら。でもテオさんは睡眠不足なのよ。しっかり休ませなきゃ……

期待と怖さ。彼に休んでもらいたいと思う気持ち。どれも間違いなく自分の本心なのだ。

「そ、そうよ。テオさんは疲れているんだから。まずはしっかり休んで疲れをとってもらわなきゃ」

そういうことは二の次だ。もうバカね、私ったら。破廉恥《はれんち》なことを考えていないで落ち着かなきゃ。そ、それに寝る前にシャワーを浴びるのは普通のことよね。

自分の中の落ち着かない心と折り合いをつけ立ち上がると、彼がバスローブのまま部屋に入ってきた。

「わっ！」

「ミーナ、どうしたの？」

バスローブから見える胸筋。濡れて湿った髪。目に映るすべてが艶《なま》めかしい。湯上がりの男性が見せる色気に、私は釘づけになってしまった。すると、そんな私を不思議に思ったのか、テオさんが私に近づいて頬に触れる。その瞬間、ハッとした。

「えっと、いや、あのですね……。わ、私も、シャワー浴びてきます！」

顔が火照《ほて》って熱い。とりあえずこの場から逃げたくて、喉につっかえてなかなか出てこない声を絞り出した。彼の横をすり抜けてバスルームへ向かおうとすると、手を掴《つか》まれてしまう。そして、ふわっと両手で抱き込まれた。

「え……テオさん？」

「ミーナは必要ないよ」

「で、でも……眠る前にはシャワーを浴びなきゃ……」

「ミーナ、すまない。悪いけど、もう我慢できない」

そう言われた時にはベッドに押し倒されていた。突然、彼に覆い被さられて心臓が大きく跳ねる。変な汗がだらだら出てきて、私は視線を泳がせた。

我慢できないくらい眠いとは思わなかったわ。それならこのままお昼寝を……。いやいや、違う。絶対に違う。何考えてるのよ、私。

さっき考えていたとおりの展開になって頭が混乱して、まともに考えられない。すると、テオさんが腰のあたりに跨《また》がり、私の頬を両手で挟んできた。彼の顔がゆっくりと近づき、再び唇が触れ合う。その刺激的なキスがおやすみのキスじゃないことが分かって、私の心臓は破裂寸前なくらいバクバクと音を立てた。

「ミーナ、もっとキスしてもいい？　ミーナにしてほしいことは——これから僕がすることを拒まないこと。どうか受け入れてほしい」

「……っ！」

「叶えてくれるかい？」

テオさんの男の欲を孕《はら》んだ瞳に息を呑んだ。

彼は私のすべてを欲しがっている。私の体はこの状況に怯《ひる》んでいるのに、不思議と心は嫌だなんて微塵《みじん》も思っていない。むしろ、求められて嬉しいと思っている。おずおずと私が頷《うなず》くと、そのまま唇を奪われた。

「んっ、んんぅ、っ……！」

さっきよりもしっかりと唇が触れ合う。テオさんは私の唇を食《は》みながら柔らかく吸い上げ、顔の角度を変えて、舌を深く差し入れる。舌のつけ根から先までねっとりと舐め回し、上顎にツーッと舌を這《は》わされると、背中にぞくりとしたものが走った。

「んっ、ふぁっ……」

頭がクラクラしてくる。

テオさんの胸元をギュッと掴《つか》むと、彼が背中に手を回して抱き締めてくれる。そして、唇がゆっくりと離れた。

「ああ、ミーナ。ずっとこうしたかった。もう絶対に離さないよ」

テオさんは抱き締めている手に力を込めると、額《ひたい》や瞼《まぶた》、頬にたくさんのキスをくれる。その慈《いつく》しむようなキスが、なんだかくすぐったくて緊張が少しほぐれていった。

彼がくれる想いと優しく触れる手が、とても嬉しかった。嬉しくてたまらなかった。

「テオさん……」

彼の名前を呼ぶと、とても嬉しそうにまたキスをくれる。そして、彼の手が私の体のラインをなぞった。キスをしながら着ているものが乱されていくと、これから始まる行為に思わず緊張が走る。

「ミーナ、怖い？」

体を強張《こわば》らせたのが分かったのだろう。テオさんはキスをやめて、いたわるように私の頬を撫でてくれる。

「す、少し……。そ、それにテオさんはお疲れなのに、こんなことをしていて、いいのかなって……そういう心配もあって……。ご、ごめんなさい。私、今ちょっとパニックかもです。でも、誤解しないでください。嫌じゃないんです。う、嬉しいんです」

顔を真っ赤にしてそう言うと、テオさんは私から少し体を離す。そして私の手をバスローブの隙間から、自分の胸へ導いた。すると、彼も私と同じようにドキドキしていることが分かる。

同じくらい速く鼓動を打つ胸に、私は彼の顔を見た。すると、彼が苦笑する。

「緊張しているのは僕も同じだよ。ミーナと同じくらいだ。だから怖がらないでほしい。ようやく想いが通じ合ったんだ。君に触れたい。抱き合って、一つになりたい。ダメかな？」

私は小さく首を横に振った。

ダメなんかじゃない。むしろそれは愛し合うもの同士、普通の感情だ。私にだってある。

失恋で痛む私の心を癒してくれた。イタリアが素晴らしいところだって教えてくれた。あの日空港で初めて会った時から今日まで――ずっと寄り添ってくれた。その包み込んでくれる彼の優しさを、もっと深いところで感じたい。素直にそう思う。

「テオさん、私も……。私もテオさんと抱き合って一つになりたいです」

「ありがとう。愛してるよ、ミーナ」

「わ、私も愛してます」

自分の気持ちを伝えると、彼がとても幸せそうに笑ってくれる。

耳元で甘く愛を囁かれて、私は強張《こわば》っていた体から力が抜けていった。それが分かったのか、お互いの唇が深く重なる。舌を深く絡め合いながら、服が脱がされていく。

「やだ、見ないでください。そ、それに電気。電気消して……」

「隠さないで、ミーナ。すごく可愛いよ」

下着姿になってしまった私は、自分の手で体を隠した。唇を離して顔を背《そむ》けると、彼は胸を隠している私の手にキスをして、ベッド脇の枕元に手を伸ばす。そして部屋の照明を落としてくれた。

部屋の明かりが、ナイトランプとカーテンから差し込んでくる陽の光だけになると、それを合図とばかりにテオさんが胸を隠している私の手をどける。

「ミーナのすべてを僕にちょうだい」

そう囁かれて、顔の横で二人の両手が重なる。彼の甘い熱を孕《はら》んだ瞳に見つめられると、恥ずかしさより求められることの幸せを感じた。

テオさん、大好きです。恥ずかしいけど、私の全部をあなたのものにして……

「可愛い」

そう小さく漏らしたテオさんの手が体の曲線をなぞる。お尻から太ももへとすべる甘美な刺激に、体がびくりと跳ねてしまった。すると、反《そ》った背中にすかさず手を回されてブラのホックを外される。

「……きゃっ！」

隠すものがなくなり、まろび出た乳房が恥ずかしくて思わず声をあげてしまった。

慌てて隠そうとすると、テオさんが私の手をやんわりと止めた。そして感触を確かめるように何度か揉む。彼の指先が肌に食い込むと、胸の形が変わってなんだか淫靡《いんび》だ。

やだ、どうしよう。すごく恥ずかしい……

「……ぁあ、んぅっ、待って、恥ずかしいのっ」

「どうして？　すごく可愛いよ」

「だって、変な声、でちゃ……あぁっ」

口を手で覆い、懸命に抑えるけど抑えられない。恥ずかしくて、目をギュッと瞑《つむ》った。

部屋が薄暗くて良かった。きっと私、今顔どころか全身真っ赤だ。

「あっ、ふぁっ……待っ」

「待てない。もう我慢できないって言っただろう？　ミーナ。隠さないで、その可愛い声をもっと聞かせて」

「っんぅ」

私を見つめる瞳がいつもとは違って余裕がなさそうだ。彼は熱い息を吐きながら、キュッと胸の先端を摘《つま》むと、そのまま舌を這《は》わせた。舌先を伸ばして乳暈《にゅううん》を丸く舐められる。たまにその舌先が胸の先端を掠《かす》めると、お腹の奥がずくりと疼《うず》いた。

「ああっ！」

「ミーナの全部僕にくれるって言ったよね？」

テオさんはそう言って、胸の先端をパクッと口に含む。先端に舌を巻きつけ、扱《しご》くように吸われると、言いようのない感覚が体に走った。尖らせた舌先でくにくにと舐めながら吸われると、体がビクビクと跳ねて止まらない。

「返事は？」

彼は吸い上げて硬くなった先端を口から出し、指先で捏《こ》ねた。

「あんっ」

返事ではなく、一際甘い声が出てしまった。慌てて口を手で覆ったけれど遅かったみたいで、テオさんが楽しそうに笑った。

は、恥ずかしい！

「ミーナ、可愛い。もっと見せて」

胸から顔を上げて、耳元に唇を寄せてきた。色を含んだ声が鼓膜を震わせて、背筋がゾクゾクする。とろりとしたものが下肢《かし》の間を伝った気がして、脚をもじつかせた。すると、今まで胸を触っていた手が滑るように体をなぞり、ショーツのクロッチ部分に触れた。

あ……！

心臓がドクンと跳ねる。秘めるところを彼に曝《さら》け出す戸惑いとほんの少しの怖さ、そして期待が私の体を駆け巡った。彼に手を伸ばすと、私を安心させようとギュッと抱き締めてくれる。

「大丈夫だよ。ミーナが怖くならないように、ゆっくりするから」

そう言って、瞼《まぶた》にキスをくれる。そしてゆっくりとショーツのクロッチを撫で上げた。指の腹で擦《こす》られると、クロッチが割れ目に沿って食い込むのが分かって、めちゃくちゃ恥ずかしい。

「ひゃっ」

テオさんの胸に顔を押しつけて快感と羞恥に耐えていると、彼の指がぷっくりと膨らんだ花芽に触れた。ショーツ越しに花芽を引っ掻《か》き捏《こ》ねられると、声が我慢できない。

「あっ、やぁっ……そこ、っ」

そこダメっ、気持ち良いの！

「ここ？」

「はぅ……」

花芽をぐにっと押し潰されて腰が浮いた。そこを中心に甘く痺《しび》れてきて、思わず腰を引いてしまう。が、彼の手が逃がしてくれない。

「ああっ……ふぁ、んっ」

彼は花芽を弄《いじ》りながら、胸からみぞおち、そしておへそから腰にキスを落とす。そうやって全身にキスをしながら、少しずつ下りてきた。なんとなく次の行動を予測してしまって脚を閉じようとする。けれど、テオさんは構わず私の脚からショーツを抜き取り、脚の間に陣取った。そして脚を大きく開いて、太ももの内側にもキスをする。

「きゃっ、待っ……ああっ！」

チュッチュッと太ももにキスしていた唇から赤い舌が覗く。その瞬間、際どいところを彼の舌が這《は》った。そこから、ゆっくりと舌が滑っていく。両手で花弁を開き、恥ずかしいところを露《あら》わにして、次はそこに舌が這《は》う。

恥ずかしくて脚を閉じようとしたけど、テオさんが脚の間にいるので、できなかった。

彼はあふれ出る愛液を舐め取るように割れ目に舌を這《は》わせ、じゅるっと啜《すす》る。そして尖らせた舌で、先ほどまで指で弄《いじ》っていた花芽をぐにぐにと舐《ねぶ》った。

「ああっ、ひあっ！　ふぁああっ」

舌先で器用に花芽の薄皮を剥《む》いて吸いつかれると、体に電気を流されたみたいな強い刺激が走る。指で触られていた時とは違う。強弱をつけて舐められ吸われると、意思とは関係なく腰がガクガクと震えてしまう。

「ひゃあぁっ！」

ああ、何これ、すごい……。気持ち良すぎて、ダメかも……

途切れることなく快感の波が押し寄せる。私は縋《すが》るようにテオさんの髪を掴《つか》んだ。

私が甲高い声を上げると、テオさんの指が中に入ってくる。

「きついな……。ミーナ、痛くない？」

「だ、大丈夫、ですっ、ひゃっ」

「痛かったら我慢せずにちゃんと言うんだよ」

「あっ、ぁ、っ」

コクコクと頷《うなず》くと、花芽を舐《ねぶ》りながらゆっくりと指が抜き差しされる。中を広げるように指が内《な》壁《い》を押し上げると、愛液が彼の指をつたってシーツを濡らした。

「んん……ぁっ、あんっ」

「指を増やすよ。ゆっくり気持ちよくなろうね、ミーナ」

「んっ」

テオさんは脚の間から体を起こし、私の頬にキスをして、そう言った。頷《うなず》くより先に唇が重なり、テオさんの舌が入ってくる。舌が絡んだのと同時に、指が増やされた。圧迫感はあったものの、痛くはなかった。それどころか気持ち良い。彼と合わさった唇の隙間からくぐもった声が漏れる。

どんどん濡れてあふれて、彼の指の動きをスムーズにしていくのが分かってしまう。

あ……やだ……

感じきってる顔を見られたくなくて、唇を離して彼の胸に顔を埋《うず》めて隠す。

「ふぁっ！」

その途端、奥を小刻みに掻《か》き回されて、体が弓なりにしなった。

「ここが好きなんだ？」

テオさんは私の反応にニヤリと笑って、そう耳元で囁いてくる。

「わ、分からなっ……ひゃぁっ、ああっ！」

テオさんの言葉が恥ずかしい。それに顔も体も熱い。彼が指を動かすたびに、そこからぐずぐずに溶かされてしまうようだ。

やっ、なんか変……！

何かがせり上がってくる感覚に逃げようと腰を引くが、すかさずテオさんに押さえつけられ許してもらえなかった。

「逃げちゃいけないよ」

「で、でもっ、もう……変なのっ」

いやいやと首を横に振ると、テオさんが指を大きく出し挿《い》れしてきた。ギリギリまで引き抜き、内壁《ないへき》を擦《こす》り上げながら、中に入ってくる。彼の指に突き上げられて、お腹の奥がきゅうっとなった。

「あっ、あんっ……それ、だめぇっ」

やだやだ、何これ。そんなにしちゃ……

奥を擦《こす》られて中が蠕動《ぜんどう》する。それと同時に彼が花芽を押し潰した。中に埋《うず》めた指で内壁《ないへき》を擦《こす》り上げながら、花芽を捏《こ》ねられると、もう無理だった。

「やぁっ、両方、しちゃ……やだ、そこ触っちゃ」

シーツの上でもがく。身を捩《よじ》り逃げようとしても容赦なく責め立てられ、快感の波に放り込まれる。恥ずかしいのに、気持ちよくてたまらない。

奥を擦《こす》られながら、円を描くように花芽を弄《いじ》られると、目の奥に白い閃光が走った。

「はっ、はぅ、あ……ひあっ、もうむりぃ、ああ――っ！」

追い上げられて、累積的な性的緊張から一気に解き放たれる。ふわっとした独特の浮遊感を感じたあと、ドッとベッドに体が沈んだ。

体が熱い。胸を大きく上下に動かして息をした。

「感じてる時のミーナって、普段の可愛さとはまた違った綺麗さがあるね。それにイク時の顔、すごくエッチだった」

「～～～っ！」

そ、そんなこと言わないで……！

気怠《けだる》くて思うように動けない体で手を伸ばし、枕を引っ掴《つか》む。そして隠れるようにギュッと抱き締めて、ころんと転がる。

「テオさんのバカ」

彼に背中を向けて、抗議の言葉を漏らした。

「すまない、恥ずかしかった？」

「……」

「ねぇ、こっちを向いてよ」

テオさんは私を後ろから抱き締めながら、掴《つか》んでいる枕を奪い取る。そして、床にポンッと投げ捨てた。あ！　と思ったのと同時に、脚の間に熱い昂《たかぶ》りを擦《こす》りつけられる。

潤《うるお》っているそこに沿って上下に擦《こす》られると、体がビクビクと跳ねて、思わずシーツに縋《すが》る。

「んっ、んんぅ」

シーツに顔を押しつけて声と跳ねる体を我慢していると、テオさんの手が私の顔に伸びてくる。

そのまま顎《あご》をすくい上げられた。

「僕としては最初は正常位がいいんだけど、ミーナは抱き合ったまま後ろから挿《い》れられたいの？」

「ち、違っ」

「じゃあ、こっちを向いてよ」

口をパクパクさせながらテオさんを見ると、彼が楽しそうに笑う。そして、上に覆い被さってきた。

「ああ、本当に可愛い。可愛すぎるよ、ミーナ。本当に幸せだ」

テオさんが多幸感たっぷりの表情《かお》で、ギュッと抱き締めてくる。

私も――と言いたかったけど、抱き締められると腰のあたりに硬い屹立《きつりつ》が当たって、それどころじゃなかった。少し腰を引くと、また押さえられる。

「ミーナ、逃げないで」

「逃げているつもりはないんですけど、恥ずかしくて……」

眉尻を下げて彼を見つめると、一層強く抱き締めてくれる。その温もりが心地良くて、私は彼の胸に額《ひたい》を押し当てた。

恥ずかしいし少し怖いけど、彼を受け入れたい。一つになりたい。頑張らなきゃ。

小さく深呼吸をして、彼の胸に埋《うず》めていた顔をあげる。すると、視線が絡み合った。

「テオさん、好きです。……優しく、してくださいね」

「もちろんだよ」

テオさんは私の手を持ち上げて手の甲にキスを落とす。そしてその唇をゆっくりと滑らせ、手首から腕、鎖骨、胸へと、珠《たま》になった汗を舐めとるみたいに舌を這《は》わせた。

「んぅ、っ」

溜息混じりに声を漏らすと、彼は体を起こして着ていたバスローブを脱ぎ落とした。一糸纏《まと》わぬ姿になって、露《あら》わになった彼の猛々しいものに、緊張が走る。

普段の柔らかい物腰の彼のものとは思えない凶悪なそれに不安でいっぱいになった。

は、はいるかしら?

すると、私の緊張が伝わったのか、顔を引きつらせて硬直している私の頬を優しく撫でてくれる。

そして、額《ひたい》や瞼《まぶた》、頬に宥《なだ》めるようなキスをくれた。

「テオさん、私……」

「大丈夫。ゆっくりするから……。君を傷つけたりしないと約束するよ。だから受け入れてほしい」

懇願するようなテオさんの言葉に頷《うなず》くと、彼は雄々しく漲《みなぎ》った切っ先を蜜口にクポッとはめた。

そしてゆっくりと上下させる。彼が腰を動かすたびに、そこが愛液を纏《まと》っていくのが分かる。

怖いけど、好きな人に――テオさんに同じ気持ちで愛してもらえている。こうやって抱き合えている。それってとても幸せなことだ。そう思うと、怖さが消えていった。

「ミーナ、挿《い》れるよ」

「は、はい、っぁあ!」

テオさんの背中に手を回して頷《うなず》いた瞬間、彼の先端が中に入ってきて短い悲鳴が上がる。縋《すが》りつくように抱きつくと、彼の背中に爪を立ててしまった。まだ先端しか入っていないのに、中を限界まで引き伸ばされる感覚がある。痛みはなかったけど、隘路《あいろ》を押し開かれる苦しさに生理的な涙があふれてきた。すると、その涙を唇で掬《すく》い取ってくれる。

「ミーナ、痛い？」

「んぅ、痛くない、です。でも、中、広がって、苦しっ」

「じゃあ、少し力を抜いてみようか。そうしたら、少しはましになると思うよ」

「んぅ……は、はい、っぅ」

力ってどうやって抜くんだっけ？　分からない。

「大丈夫だよ」

抜こうとすれば余計に力が入ってしまう気がして、ギュッとしがみつくと彼は私の頭を撫で、キスをしてくれる。キスをしながら、腰を細かく揺すられると、強張《こわば》っている体から力が抜けていく。するとズブッと彼が一気に中に入ってきた。

「――っ!!」

言葉にならない声がキスに呑み込まれる。彼は私の頭を撫でながら、唇を離した。そして耳の縁《ふち》を舌でなぞる。

「ひゃっ」

「ミーナと一つになれるなんて夢みたいだ。好きだ、愛している。絶対に幸せにするから」

掠《かす》れた声で囁かれ耳にキスされると、体がビクンと跳ねてしまう。彼の低い声音にゾクゾクする。

「私も好きです」

顔を真っ赤にして答えると、彼が破顔した。そして、彼の背中に回している私の左手を取って、薬指のつけ根あたりにきつく吸いついた。

「んっ」

その刺激に体を震わせてしまうと、彼が私の薬指を口に含んだ。指に舌を絡められて、動けない。指なのに、全身を愛撫されているような感覚が私を包んで、楽しそうに指をしゃぶるテオさんから目が離せなかった。

「ミーナ。あとで指輪を贈るから、予約させて」

そう言って離れた左手の薬指には、赤い痕《あと》がついていた。それを見て、カァッと全身が熱くなる。

「〜〜〜っ！」

これ、指輪の……

じっと指を見つめる。すると、彼は私の胸を触りながら、ゆるゆると腰を揺すってきた。

「ひゃんっ！　やっ、急に動いちゃ、ああっ」

でも不思議と先ほどまでの圧迫感はなかった。あるのは気持ち良さだけだ。

馴染むまで指を舐められていたからだろうか。今や、くちゅくちゅと淫らな水音を立てて、滑らかに彼のものを受け入れている。彼の硬い屹立《きつりつ》に内壁《ないへき》を擦《こす》り上げられるたびに、大きな快感がせり上がってきた。

「あ、あっ……ふ、ぅ、っん」

「そろそろ大丈夫そうだね、ミーナ」

「えっ？　ひゃあぁっ！」

ニヤリと笑うと私の腰を両手で掴《つか》み、大きなストロークで腰を動かしてきた。みっちりと広げられた内壁《ないへき》を擦《こす》り上げ、穿《うが》たれる。

とても気持ちがよくて、愛液がしとどにあふれてくる。テオさんの熱に溶かされたみたいに、徐々にとろとろになって、体が快感に震えた。

嬉しい。テオさんと一つになれてる。

彼と交《まじ》われた喜びで涙がブワッとあふれてきた。すると、彼がピタッと止まる。

「す、すまない。性急だったよね。君と一つになれたのが嬉しくて興奮してしまったんだ。痛いかい？」

気遣わしげな表情で何度も謝る彼に、私は小さく首を横に振った。

違う。痛いとかじゃない。

「ち、がうんです。私も、テオさんと、一つに……なれたことが、嬉しくて……」

まさか受け入れてもらえるなんて思っていなかった。出会って間もないけど、すごく好きになってしまった人。その人と一つになれている――こんな幸せなことはない。

それを考えると、多幸感でいっぱいになって自然と涙があふれてくるのだ。

「い、痛くないの。ちゃんと気持ち良いので、テオさんも気持ち良くなれるように動いてください……こ、これ、嬉し涙なので」

「ミーナ。ああ、ミーナ」

かたく抱き締めてくれる。そして啄《ついば》むようなキスを何度も交《か》わし、体をぴったりと重ね合う。

お互いの心を確かめ合う行為が心地良い。

「今から動くけど、もしも痛かったら言うんだよ」

「はい」

頷《うなず》くと、彼はゆっくりと腰を動かし始めた。彼の屹立《きつりつ》が出入りするたびに、言いようのない快感がじんわりと広がっていく。

「あっ、ふぁあっ、気持ちいっ、です」

「本当？　それじゃあ、もう少し速く動いていい？」

そう尋ねながら上体を起こすと、私の脚を大きく広げて、グッと中に入ってきた。

「ああっ！」

奥を穿《うが》たれて、体がしなる。

今までより深く入ってきて、彼は激しく腰を打ちつけてきた。中をめちゃくちゃに掻《か》き回され、抉《えぐ》るように擦《こす》り上げられる。

気持ち良い。テオさん、テオさん。

心の中で何度も彼の名前を呼ぶ。

「んっ、ハアッ、ああっ……ひゃあ、んっ」

彼は硬い屹立《きつりつ》で最奥を突き上げながら、花芽にそっと手を伸ばす。そして愛液を纏《まと》わせた指で優しく捏《こ》ねた。

「やぁっ！　それ、やだ……はぅっ」

「どうして？　ここ、好きだろう？」

「ああっ!!」

彼はニヤリと笑いながら花芽を弄《いじ》り、腰を大きくグラインドさせて奥を抉《えぐ》る。そして、ぷっくりと立ち上がった胸の先端にしゃぶりつき、吸った。

やっ、やだ、全部しちゃ……

性感すべてに快感を与えられ、体が震える。あまりの気持ち良さに喉元をさらして仰《の》け反《ぞ》ると、そこに彼が舌を這《は》わせた。その瞬間、ちりりとした痛みが走る。

「ひぅ、ぅっ……もぅ、むりぃ、やっ、ああ」

体が勝手にビクビク跳ねる。彼の思うままに体を貪《むさぼ》られて、気持ち良くてたまらない。

焦点の合わない目でテオさんを見つめると、キスをしてくれる。

「っ！」

中がキュッと締まって、気持ち良さそうに小さく呻《うめ》いたテオさんが、眉根を寄せてクスッと笑う。

「今、締めたね。何？　もっと突いてほしいの？」

「へ？　ち、違いますっ！　体が勝手に……」

涙目でテオさんを睨《にら》む。でも彼は私の抗議の視線を気にすることなく、上体を起こし、グッと突き上げてきた。

「ひあっ！」

すごい。奥深く穿《うが》たれると、中が彼のものでいっぱいになっているのが分かる。

「ミーナ、すまない。もう我慢できそうにない」

「え？　あぁああっ！」

彼は私の腰をしっかり掴《つか》むと、抜けそうになるまで引き抜き、ぱちゅんと奥まで穿《うが》った。

——気持ち良いけど、息が苦しい……

空気を求めてはくはくと息をすると、唇が奪われた。お互いの舌が絡まったのを合図に、さらに抽送《ちゅうそう》が激しくなる。口の中には彼の舌。蜜口には彼の硬い屹立《きつりつ》。上も下も彼でいっぱいになって、わけが分からない。私を気遣ってくれた彼が今や容赦なく、私の体を貪《むさぼ》っている。それが嬉しくてたまらない。

激しく奥を突き上げられて、目を見開いた。

「——ぁあっ！」

「愛してる、ミーナ！」

一際大きく声が上がったと共に、体がこの上ない恍惚《こうこつ》状態に呑まれる。ぐったりとベッドに四肢《しし》を投げ出すと、またもや唇にキスが落ちてきた。その優しいキスを受けながら、目を閉じて幸せに浸る。

嬉しい。大好き、テオさん――

5

目を覚ますと私はテオさんにしっかりと抱き締められていた。

……あれ？

眠気でボーッとしてしまい、一瞬思考が飛ぶ。でも、すぐに戻ってきて、この状況を理解した。するとみるみるうちに顔に熱が集まってくる。

あ、私たち。教会から帰ってきてそのまま……

テオさんはいっぱい私に愛の言葉を囁いて、求めてくれた。私を求める激しさとは打って変わり、触れる手はとても優しくて。私のことがとても大切だと、愛していると――教え込まれているようで、とても幸せで夢のような時間だった。でも思い出すと、ちょっと恥ずかしい。

「……すごかった」

私は独り言《ご》ちながら、熱くなった顔を押さえた。私を抱き枕にして眠っている彼の顔をじっと見つめると、ついにやけてしまう。幸せすぎて、じっとなんてしていられない。ついそわそわしてしまい、このままでは起こしてしまいそうな気がして、そっと彼の腕から抜け出した。何か着るものが欲しくて、ベッドの下に落ちているテオさんが着ていたバスローブを拾って袖を通す。すると、またにやけてしまう。

彼のバスローブを着るなんて、まるで抱き締められてるみたい。

私は照れ笑いをしながら、シャワーを浴びるためにバスルームへ向かった。

バスルームに行きバスローブを脱ぐと、鏡に映る自分の体に赤い痕《あと》があることに気がついた。

「え、これって……」

こ、これってキスマーク？　わぁ、いっぱいついてる……

首筋や胸元だけじゃなく、お腹や腰回り、内股の際どいところ——色々なところにつけられた彼の所有欲の証に、カァッと熱くなる。

でも、こんなにもたくさんキスマークがつけられているのに、不思議と体にべとつきはなかった。

テオさんが拭《ふ》いてくれたのよね？

彼のそういう細やかな気遣いが嬉しい。私は幸せの余韻を噛み締めながらバスルームへ入り、お湯を出す。温かいお湯が、じんわりと体に染み渡って気持ちがいい。でも、体を洗うたびにこの赤い痕《あと》が目に入って、なんだか落ち着かない。見るたびに、つい昨夜のことを思い出してしまう。

「ふぅ」

シャワーを浴び終えてまた彼のバスローブを着てバスルームを出た私は、いそいそとテオさんが眠っている部屋へ向かう。カーテンの隙間から差し込んでくる夕日が、彼の寝顔を照らしていた。起こさないように、彼の髪に触れる。彼は私が触っても気づかないくらいよく眠っていた。

本当に素敵な人……。こんな素敵な人と両想いだなんて、やっぱり神様に感謝だ。

彼の寝顔を堪能した私は、視線を上に向けて壁にかかっている時計で時刻を確認した。まだ夕方だった。

思ったより経っていないわね。

でも帰って来たのが昼前だったので、昼食を摂っていない。少しお腹が空いた気もするが、今はとても疲れている彼を休ませてあげるほうが最優先だ。起こさないように気をつけてはいるものの、眠っている彼を見ると、とても熟睡しているのが分かる。

やっぱり、すごく疲れているのよね。もう少し寝かせといてあげよう。

「さて、着替えなきゃ」

彼を起こさないようにベッドからそっと離れて、クローゼットを開く。

毎日ちゃんとクリーニングされて戻ってきている服の中からカジュアルなワンピースを手に取り、カバーを外して袖を通した。

テオさんが起きるまでコーヒーでも飲もうかしら。

ここにいると本当に毎日がお姫様のようで、コーヒー一つだって私に淹《い》れさせてくれない。彼は本当に至れり尽くせりなのだ。でも今日は寝起きのコーヒーを私が淹《い》れてもいいかもしれない。彼のように上手には淹《い》れられないけど、少しでも彼のために何かをしてあげたい。

「……ん？」

コーヒーを淹《い》れ、リビングのソファーに腰掛けると、毎朝モーニングティーと共にテオさんが届けてくれる新聞が目に入った。

私は以前イタリア語教室に通っていたので、なんとか旅行で困らないぐらいの会話はできる。が、新聞のような文字がたくさん並んでいるものを見ると、ウッと尻込みしてしまう。

新聞は読むのに時間がかかるし、読み終えるとすごく疲れてしまうこともあって、今までは彼が持ってきてくれても手を出さなかった。

でもこれからはそれじゃいけないわよね。テオさんの日本語が上手だからといって、甘えてばかりは良くない。これからもずっと一緒にいたいと思うなら、もっとイタリア語ができるようにならないと。そのためには新聞だって敬遠せずに読まなきゃ。頑張ろう！

そう思いながら、新聞を手に取った。

「あ、テオさんが載ってる！」

新聞を開くと、すぐにテオさんの写真が視界に飛び込んできた。すると、俄然《がぜん》読む気が増してくる。やっぱりテオさんって新聞に取り上げられるくらいのすごい人なのね。あの日オペラを観る前に疑問に思ったことも、これを読んだら解消するかもしれない。

私は興味のままに新聞を読むことに決めた。まだ覚えていない単語などはスマートフォンで翻訳しながら、目を通していく。

「……ホテル王」

そこにはホテル王テオフィロ・ミネルヴィーノと書いてあった。その文字に思わず目を見開く。でもすぐにハッとした。

そういえば彼は出会った時に、「僕のホテルにおいで」と言っていた。それに今日だって「何とも思っていない女性を自分のホテルに連れて行って、観光のガイドなんてしない」と言っていた。

――僕のホテル。自分のホテル。

……ということは、世界各地にあるこのトリエステホテルをテオさんが経営しているってことよね。

彼の言葉と、新聞に書いてあることが繋がった。

――どうして今まで気がつかなかったんだろう。新聞を持っている手が震えた。

なんということ……。偉い人だとは思っていたけど、まさかそんなにもすごい人だったただなんて！　自分みたいな庶民が相手で、本当にいいのだろうか。

彼の肩書きを知ると、途端に怖気《おじけ》づいてしまう。でも、慌ててかぶりを振った。

ううん。テオさんは何も持たない私でも好きだと——愛していると言ってくれた。先ほど、あんなにもたくさん愛を確かめあったのだ。肩書きなんて彼を表す一つの要素でしかない。こんなものに怖気《おじけ》づくのは良くない。

私はテーブルの上に新聞を置いて心を落ち着かせるためにコーヒーを一口飲んだ。そして、二、三度深呼吸をする。

その時、新聞の——ある単語に目を奪われた。

こ、婚約者……？

テオさんって婚約者がいるの？　と驚き、食い入るように記事を読んだ。そこにはテオさんに隠された婚約者がいること、そして、近頃その婚約者を隠す気がなくなったのか、堂々とミラノの観光地をデートしていることが書かれてあった。

私は思わず寝室のほうに視線を向けた。

隠された婚約者……？

それは間違いなく自分のことではないだろう。でもここに書かれている近頃ミラノの観光地をデートしているというのは私だ。おそらく勘違いしているのだろう。テオさんの婚約者が表に出ない人だから、たまたま観光地で一緒にいる私が婚約者のように見えたのだ。

私はソファーから立ち上がり、ふらふらと眠っているテオさんに近寄った。そしてゆっくり震える手を伸ばす。でも触れる直前でギュッと握り締めた。

テオさんに婚約者がいるなんて知らなかった。彼は私を好きだと言った。その気持ちに偽りはないのだろう。先ほどまでの触れ合いがそう物語っている。

でも新聞の記事が示すとおり、彼がこのトリエステホテルグループの経営者なら、会社にとって有益などこかのお嬢様とそういう話も出るだろう。何も不思議なことじゃない。

婚約者の方とうまくいっていないのかしら？　家同士が決めたことだから意に沿わないとか？

だからといって、それをポッと出の私なんかがぶち壊していいことじゃない。目の前の恋に一生懸命になって、それだけしか見えなくて。ただテオさんが好きで、彼ともっと一緒にいたい……そう願ってしまう。

だけど周りが見えていない、周りを慮《おもんぱか》れない恋なんて独りよがりでしかない。そんなの愛じゃない。テオさんの幸せを、彼のホテルの——今以上の発展を願うなら、私はここにいちゃいけない。仕事の邪魔をしてはいけない。

だって私は……テオさんの本当の婚約者からしたら浮気相手だ。普通に考えて婚約者が本命だろう。彼は婚約者よりも私を選んだのかもしれない。でも……そんなことは許されるわけがない。

今まで忘れていた元カレの数々の浮気場面が再現されて頭の中をグルグル回る。浮気された時の辛さや悲しさ。やりきれなさを思い出すと、胸が締めつけられて痛くて痛くてたまらない。

今度は自分が同じ気持ちをその婚約者の人に味わわせることになる。そんなこと絶対に嫌だ。

「……どうして言ってくれなかったの？」

彼は何も教えてくれなかった。婚約者がいることも、このホテルの経営者だということも、何一つ――教えてくれていない。それでも私は……テオさんが好き。でも誰かを傷つける関係を続けるなんて耐えられない。それに、私のせいで彼の足を引っ張るのはもっと嫌だ。

私はあふれてくる涙を拭《ぬぐ》い立ち上がった。もう涙が出てこないように唇をきつく噛む。

これ以上泣くことを自分に許せば、おそらく大きな声を出して泣いてしまう。眠っているテオさんに別れたくないと縋《すが》ってしまうだろう。

でも、それじゃいけない。

私は洗面所に行き、冷水で顔を洗った。そして財布やパスポートなどの最低限必要なものをバッグの中に詰め込む。

スーツケースを出したら、テオさんが起きてしまう。運良く彼を起こさずに部屋を出られても、フロントで止められてしまうかもしれない。そうしたら、テオさんに連絡されてしまう。そして彼はいつもの優しい笑顔で、婚約者より私のほうが大切だと言ってくれるのだ。でもそんなのダメだ。

私は彼を愛している。私には彼の助けとなる肩書きも家柄もない。そんな私が彼にしてあげられるのは身を引くことだ。

大丈夫、イタリアと日本は遠い。忙しい彼は追いかけてこられないだろう。

それにあんなにも素敵な人を、元カレと同じような最低な人にしたくなかった。

「テオさん、ごめんなさい。婚約者さんと幸せになってください。私は日本からトリエステホテルの発展を応援しています」

私は覚悟を決めて立ち上がり、眠っている彼に頭を下げた。

日本から持ってきた着替え類や荷物、テオさんがプレゼントしてくれたすべての物を部屋に残したまま、部屋を出る。ドアマンに「え？　一人かい？」と驚かれたけど、「彼は部屋で眠っているから、ちょっと散歩に」と言って、走って逃げた。

怪しまれていることは分かっているが、気にしてなんていられない。

私は近くにある地下鉄の駅から電車に乗り、ホテルから離れた。

＊＊＊

「いつまで寝ているんだ！」

「いっ」

ドスを利《き》かせたがなり声と拳骨《げんこつ》が降ってくる。慌てて起き上がると、レナートが仁王立ちで僕を睨《にら》みつけていた。その光景に二、三度瞬きをする。

「は？　レナート？」

どうしてここにいるんだ？　それより、ミーナは？

状況がまったく理解できずに、キョロキョロと部屋の中を見回した。が、見える範囲に彼女はいなかった。急にレナートが入ってきたから驚いて隠れているのだろうか？　そんなことをぼんやり考えていると、レナートの「ミーナちゃんはいないよ」という言葉が耳に響く。

「は？」

よく聞こえなかったと言いたげに眉根を寄せてもう一度質問すると、レナートは嘆息《たんそく》をして、もう一度繰り返した。

「ミーナちゃんはこの部屋にはいない。いや、正確にはもうホテルにはいない。ドアマンが彼女がホテルを出るところを確認している。彼女は散歩に行くと言ったそうだが、明らかに様子がおかしかったそうだ。それに一時間ほど経つが、まだ帰ってきていない」

「……」

レナートの言葉が、とても信じられない。

僕は何も答えずにベッドから立ち上がった。そのまま、バスルームやリビングなどを見て回るが、ミーナの姿は見えなかった。

自分の中で急激な焦りが生まれる。嫌な予感がする。僕は震える手で、ミーナがパスポートなどをしまっているセーフティボックスを確認してみた。やはりロックされておらず、そこには何も入っていなかった。財布もパスポートも航空券も――何もない。

嫌な予感が確信に変わりそうになる。が、慌てて頭を左右に振って、その考えを打ち払った。

「嘘だ。何かの間違いだ……」

自分に言い聞かせながら、次はクローゼットを開ける。そこにはスーツケースやミーナの着替え。僕がプレゼントしたものがそのままあった。それを見て、ホッと胸を撫で下ろす。

「ほ、ほら。ミーナの荷物がある。彼女は本当に散歩に行っただけだ」

レナートにそう言って、なんとか笑う。だが、冷や汗が止まらない。

散歩に行くのに財布を持っていくのは、何も不思議なことじゃない。それに外国にいる時は、パスポートの携帯は基本だ。だから、一人で出かけるなら財布やパスポートを持っていくのは普通だ。航空券がないのだって、帰りの飛行機のチケットをまだ取っていなかっただけかもしれない。そうやって何度言い訳をしても冷や汗が止まらない。僕はヘナヘナと、その場に座り込んだ。すると、レナートがバスローブを投げてくる。

「テオ、分かってる？　今、裸なんだぞ。せめて何か着ろ」

「……今日、僕たちはお互いの想いを確かめ合ったんだ。ミーナも僕のことを好きだと言って、プロポーズを受けてくれた。僕たちは結ばれたんだ。それなのに、なぜこんなことに？」

「お前さぁ」

よろけながら立ち上がり、レナートの胸元を縋《すが》るように掴《つか》むと、彼が視線をリビングのほうに向けながら呟《つぶや》いた。

「プロポーズしてセックスする前に、ちゃんと自分のことをミーナちゃんに話したか？　そこのテーブルに広げられたままの新聞や飲みかけのコーヒー。あれを見て何も思わないのか？　ミーナちゃんは新聞でお前の素性を知って、驚いて逃げたんじゃないのか？」

僕の素性を知って逃げた？

その言葉に反論ができなかった。特段隠しているつもりはなかったが、僕はミーナが僕の素性について気がついていないことを分かっていた。分かっていたのに、そのままにしておいた。だって、そんなの些細なことだろう。目が覚めたら指輪を用意して、改めて自分のことを話してからプロポーズをすれば、何も問題ない。愚かにもそう思っていた。

だが、実際はどうだろう。僕が悠長に眠りこけていた間に、彼女は自分の腕の中から逃げていた。弁解の余地も与えられず背を向けられていたのだ。

僕はバスローブを着てから、スマートフォンでミーナに電話をかけた。ちゃんと話をしようと、チャンスをくれと伝えるために。が、何度かけても電源が入っていないらしく繋がらない。

まさかもう飛行機に乗ったのか？　それともブロックされたとか？　いやいや、まさかな……

再度、かけてみるがやはり繋がらない。メッセージアプリにメッセージを送ってみたが、既読にもならない。

目の前が真っ暗になった。まるで鈍器で頭を殴られたような衝撃がある。僕はガクリとベッドに座り込んだ。

「そ、そうだ。外務大臣に連絡してみよう」

彼とは旧知の仲だ。事情を話せば助けてくれるかもしれない。震える手で電話をかけようとすると、レナートが制止する。そして、首を横に振った。

「な、なぜ止めるんだ？　早くしないと……。出国前なら止められるかもしれない」

「落ち着け。ミーナちゃんは旅行に来ている日本人だ。そんな彼女をイタリアの外務省が拘束するのか？　国際問題になったらどうするんだ？」

「な、なら、日本政府に連絡すればいいのか？　確か大学時代の友人が日本の政財界と繋がりが深かったはずだ。今すぐ……」

「阿呆。ただの痴話喧嘩をややこしくするな」

ただの痴話喧嘩？　痴話喧嘩で済めばいい。だが、これはそんな単純な話なのか？

僕としては持てる力、コネ、すべてを使ってでも彼女を引き止めたいんだ。そして、今後こそ彼女に謝るんだ。謝らせてほしいんだ。「ちゃんと話さなくてすまなかった」「僕には君しかいない」って……ちゃんと話すんだ。

「じゃあ、どうすればいいんだ」

レナートの言葉にぼそぼそ尋ねる。すると、彼は立ち上がり、僕にスーツを渡してきた。

「とりあえずシャワーを浴びて、頭をはっきりさせて来い。前にも言っただろう？　本社にも行かなきゃならないし、アメリカにも行かなきゃならない。言っておくが仕事が山積みだ」

「……は？　今はそれどころじゃないだろう！」

「それどころだよ！　言っておくが、今は仕事が最優先だ。まずは己のするべきことをやれ。恋愛はその次だ。ここはアモーレの国だが、お前の秘書としてそれを優先させるわけにはいかない」

「……」

僕が何も答えられないまま拳《こぶし》を握りしめていると、レナートがどでかいため息を吐く。そして、僕の背中を叩いてこう言った。

「それに、お前たちは二人とも頭を冷やす時間が必要だ」

「頭を冷やす時間……？」

「旅先での恋は燃え上がりやすいが、冷めやすくもある。お前たち二人は短期間でお互いに惚れて、今燃え上がっている。二、三週間もすれば、その恋心が落ち着いてしまうかもしれない。それはミーナちゃんも同様だ。お前の仕事が一段落する頃には、ミーナちゃんの心からお前への恋心が消えているかもな」

「そ、そんなわけ……！」

そんなわけないだろう！

僕はレナートの言葉にカッとなって立ち上がった。

「そう思うなら、まずは仕事を片づけろよ。そして堂々と迎えに行け。あと、これは友人としての提案だ。彼女が日本に帰ったあと、普通に自宅を訪ねればいい。コネを使って無理矢理空港で捕まえるより、よほどスムーズだ」

レナートの神妙な声に、僕は何も言えなかった。項垂《うなだ》れたまま、彼の言葉を聞く。

言われていることは分かる。感情で動くのはよくないことだ。それにミーナにも、今は考える時間が必要なのかもしれない。大丈夫。彼女は絶対に僕を好きでいてくれている。

逃げられているというのに、なぜかそれだけは確信できた。

「分かった。至急、仕事を片づけるぞ。それからミーナを迎えに行く」

僕の言葉にレナートが満足そうに笑う。

ミーナ、待っていてくれ。必ず、君を迎えに行く。

その時はどうか拒絶せずに僕の話を聞いてほしい。包み隠さずにすべてを話すから……

＊＊＊

「ん……」

不意に目を覚ました私は気怠《けだる》い体を起こした。……体が痛い。テーブルに突っ伏したまま眠っていたからだろうか。

私はベッド横の棚に置いてある時計を見た。

日本に帰ってきて、どれくらいの時間が経ったんだろう。あのあと、空港に行ったら運良く空席があって、すぐに日本行きの飛行機に乗れた。そして昨日家に帰ってきてからは、ずっと泣いていた。泣き疲れて、いつのまにか眠ってしまったようだ。

「……つう……」

また涙がポトリと落ちる。

もう涸《か》れたと思うくらい、たくさん泣いたのに全然止まってくれない。

テオさんの側から離れると決めたのは私だ。ほとんどの荷物も彼からのプレゼントも――彼との約束もすべて放り出して逃げたのは私。泣くのは間違っている。そうは思っても頭と心は別物なのか涙が止まってくれない。

……テオさん、びっくりしただろうな。

それよりチェックアウトをせずに帰っちゃったから困ってるかも。いくら宿泊費用を彼が持ってくれているといっても、とても失礼なことをした。……分かっているけど、でもあの時の精神状態ではあのまま彼と向き合うのは到底無理だったのだ。

いっぱい良くしてもらったのに、恩を仇《あだ》で返したようなものよね。でも、違うの。本当にあなたを愛しているからこそ、私は……

「許して……というのは虫が良すぎるわよね」

勝手に出てくる涙をぐしぐしと拭《ぬぐ》いながら、机の上に放り出したままのスマートフォンを手に取る。でも、ボタンを押してみても、電池が切れているのかつかなかった。

テオさんの電話が多すぎて、電池が切れちゃったのかしら。

日本に帰って来て、自宅に着いてスマートフォンの機内モードを解除してから、ずっと電話がかかってきている。それだけじゃなく、メッセージもたくさん来ている。でも怖くて内容を確認できていない。

目が覚めてホテルからいなくなっている私に気づいて、さぞかし心配しているだろう。

「ごめんなさい……」

ポツリと謝罪の言葉が漏れると、また涙があふれてくる。唇をギュッと噛んで嗚咽《おえつ》を堪《こら》えた。

テオさん……私、あなたに出会う前の自分に戻れるでしょうか？　忘れなきゃいけない。ミラノでの夢のような日々は本当に夢だったのだ。そう思って忘れなきゃ……

この痛みからどうやったら抜け出せるんだろう。

唯一持ってきた彼とのお揃いのキーホルダーを胸元でギュッと握り締めた。

＊＊＊

「なるほどね。だから帰ってきてからずっと、そんな顔をしていたのね。私、てっきりまだクズ男のことを忘れられないのかと思っていたわ」

ミラノであった一連の出来事を親友の夏帆に話すと、彼女が痛ましそうに顔を歪めた。

「稔のことはもう、自分でも薄情かなと思うくらいにまったく思い出さないわ。それより、そんなに酷い？」

「酷いなんてものじゃないわよ。今にも死にそうな顔してる」

そ、そんなに？

自宅の部屋で向かいに座る夏帆の言葉に、思わず自分の顔を押さえた。

そりゃそうよね。

元気よくミラノ旅行に行ってきますと宣言した私が、夏休みが終わって出社してきたら、メイクで隠せないくらいの泣き腫らした顔なんだもの。逃げるように帰ってきたから、約束したお土産も買えなかったし……

私は大きな溜息を吐いて、項垂《うなだ》れた。

月曜日から夏帆は幾度となく私を心配して「どうしたの？」と声をかけてくれた。夏帆に泣きつきたかったけど、冷静に話せる自信がなかったこともあって、金曜日の今日まで待ってもらったのだ。

本当にそろそろしっかりしなきゃ。

会社では、私が海外で酷い目に遭って帰ってきたと噂になっている。違うと訂正しても、夏帆の言うように死にそうな顔をしているなら誰も信じてくれないだろう。

夏帆は手に持っている缶ビールをグイッと呷《あお》った。私はテオさんといる時以外はお酒を飲まないと約束しているのでジュースだ。それを彼女の真似をしてグイッと飲む。

もう二度と会わないと決めた人との約束を守っているなんて、未練がましいことくらい分かっている。それでも、あの日お酒が弱い私のことを心配して言ってくれた言葉を大切にしたいのだ。

しばらく無言でビールを飲んでいた彼女が、難しい顔で口を開いた。

「でも、美奈。それなら尚更、話し合う必要があったんじゃないの？　向こうはあんたにプロポーズまでしているんでしょ。なら、いきなり姿を消す前に叩き起こして真偽を確認したほうが絶対に良かったわよ」

「た、叩き起こすだなんて、そんなことできないわ！　それにめちゃくちゃ泣いてしまって、まともに話なんてできなかったと思う。だからこれで良かったのよ」

私は肩書も家柄も何もないから、彼にしてあげられることが一つもない。婚約者さんのように、彼の会社にとって有益なことは何一つしてあげられないのだ。

唇を噛んで俯《うつむ》いてしまうと、彼女は私を見ながら渋い顔をする。

「婚約者がいるから身を引くというのはある意味立派だけど、本当にそれでいいの？　後悔しない？　私はどんな結果が待っていたとしても、話し合うことは大切だったと思うのよ。それに婚約者がいるのに私に手を出すなんて最低って怒鳴りつけてやれば良かったのに」

「……そんなこと」

「まあ、美奈にはできないか。できていたら、もっと早くあのバカ彼氏と別れられていたはずだもんね」

彼女はうーんと唸《うな》りながら、二本目の缶を開ける。私は彼女の言葉がグサッと刺さって、胸元を押さえながら項垂《うなだ》れた。その時、夏帆がベッドの上に放り投げるように置かれている私のスマートフォンを指差した。私も同じようにスマートフォンを見る。

「今でも着信があるんでしょう？」

「うん……」

「連絡はどれくらい来るの？」

「えっと……最初の日は数時間置きに電話が来ていたけど、そのあとからは配慮をしてくれているのか朝と夜に一回ずつ……」

「メッセージは？　それも毎日来てるの？」

「うん、毎日一通か二通」

私が頷《うなず》くと、夏帆はまたうーんと唸《うな》る。

テオさんが私を心配して、毎日連絡をくれているのは分かってる。でも未だにメッセージアプリを開けていない。ちょっとでも読んでしまうと、縋《すが》ってしまいそうで怖いから……

「そこまで相手が必死になって美奈と連絡を取りたがっているなら、私は一度くらい話し合うべきだと思うわ」

「でも……。そんなの無理よ。声を聞いたら泣いてしまうもの」

「それの何が悪いの？　上等じゃないのよ。いっぱい泣いて、自分の気持ちをぶつければいいじゃない。美奈、いい子過ぎるのは良くないよ。自分のためにも相手のためにも、ちゃんと自分の気持ちを言葉にして話し合わなきゃ」

そうすれば私たちはお互いの気持ちに折り合いをつけて終われたの？　ううん、きっとできない。

滲《にじ》んでくる涙を拭《ぬぐ》いながら夏帆を見ると、彼女がじっと私を見据えた。

「何なら、今からトリエステホテルに乗り込む？　確か、東京と京都にあったわよね？」

「え……？」

その言葉を聞いて一瞬期待してしまった弱い私の表情を見逃さなかったのか、彼女は自分のスマートフォンを取り出した。

「あ、東京駅の近くだって。ここなら、すぐ行けるわね」

「ちょっとやめてよ！　本当にもういいから……。時間が解決してくれるわ」

「……ここのホテル、イタリアの主要都市はもちろんのこと、世界各国にあるのよ。なのに、あの日彼はミラノでたまたま居合わせて、美奈を助けてくれた。なかなかあることじゃないわ。美奈の言うとおり、本当に神様からの贈り物かもね。いいの？　神様からの贈り物をこのまま棒に振って」

「……」

「まあ、今はまだ無理か……」

夏帆の言葉に答えることができないまま俯《うつむ》く私を見て、彼女は独り言《ご》ちた。

そう。きっと時間が解決してくれる。一年もすれば、この悲しさや虚無感に慣れるだろう。そして、もう一年経つ頃には笑い話にできているかもしれない。私だけじゃなく、テオさんも。ううん、彼は私のことなんてもっと早く忘れるかしら？

私がなんとか笑顔を作ると、夏帆はテーブルにたくさんのお酒やジュースをどんっと置いた。

「分かった。美奈が嫌なら無理強いはしないわ。そのかわり今夜は飲もう。美奈はジュースをいっぱい飲んで食べればいいわ。私、おつまみ作るから。それに溜め込んでることも、もっと吐き出しなさい。そしていっぱい泣きましょう」

「夏帆……」

「今夜は寝かせないから、そのつもりでいなさい。涙が涸《か》れるまで付き合うわよ」

そう言って微笑みウインクしてくれる夏帆の優しさに胸が熱くなった。

6

テオさんのもとから逃げ帰って三週間――

季節が夏から秋へと移り変わっても、彼への想いは私の中から消えてくれなかった。

そりゃそうよね、まだ三週間しか経っていないんだもの。そんなに簡単に忘れられたら苦労しないわ。

私は最近感じる胃の重苦しさに、胃のあたりをさすった。

うう、気分悪い。それになんだか吐きそう……

私は気分の悪さからさっぱりした飲み物が欲しくて、ヨロヨロと自販機の前まで来た。なぜか冷や汗まで出てきて、前に置いてあるソファーに腰掛ける。

嫌だ。風邪引いたのかしら？

今は九月半ばで、残暑と初秋が入り混じる微妙な季節だ。こういう季節の変わり目は風邪を引きやすい。それにミラノから帰って来てから、あまり食欲がなくて食べられていない。もしかすると、そのせいもあるのかもしれない。

「ちょっと美奈。どうしたの？」

「清瀬さん、もしかして具合悪い？　大丈夫？」

壁に凭《もた》れるように座っていると、昼食から戻ってきた夏帆と数人の同僚に声をかけられた。すでに体調の悪さを見抜かれているようで、背中をさすってくれる。差し出された冷たい水を受け取りながら、頷《うなず》いた。

「……ありがとうございます。そうかもしれないです」

「清瀬さん、最近全然食べないからだよ。こんなんじゃいつか倒れるって皆で心配していたところだったの。今日は早退して病院行っておいで」

「そうよ。あんた、いつにも増して真っ青よ」

真っ青？　そう言われて、私は自分の頬に触れてみた。自覚はないけど、こんなにも気分が悪いならそうなのかもしれない。

夏帆に支えられながら立ち上がり、総務部へ戻った。そして部長に早退の旨を告げ、会社を出て自宅近くの総合病院へ向かう。

＊＊＊

妊娠……

私は病院で渡された問診票の妊娠の有無についての欄を見ながら、はたと動きを止めた。

季節の変わり目に引く風邪だと思ったが、最近続く体の気怠《けだる》さや軽い吐き気。食欲不振。それにこの問診票で気づいたが、そういえば生理が遅れている。

私はある可能性に思い至り、受付の方に「生理が遅れているので妊娠しているかもしれません」と伝えた。尿検査用の紙コップが渡され、トイレへ向かうものの、トイレに入ると途端に怖気《おじけ》づいてしまう。

——本当に妊娠していたらどうしよう。

ここ最近の体の不調は心の問題だと思っていたが、現に生理が遅れている。その上、当然ながら心当たりもある。私はトイレの個室の中で、逡巡《しゅんじゅん》した。でも、あまり遅いと変に思われる。そう思って、なんとか勇気を出す。

「清瀬さん、おめでとうございます。妊娠しているよ」

やっぱり……

産科に通された時点で、多分そうなんだろうなとは思っていたけど、いざ面と向かって言われると戸惑ってしまう。私が硬直していると、お医者様が尿検査の結果を見せてくれる。その紙を見つめると、ある数値のところを指差した。

「このホルモンね、妊娠をするとゼロから徐々に上昇していき、血液検査や尿中検査で確認ができるようになるんだ。清瀬さんも、ちゃんと出てるだろう。それに先ほど触診でも確認したけど、間違いないよ」

「……そうですか」

分かってはいたけれど、事態がうまく呑み込めず呆けてしまう。私は医師や助産師の指示のもと、内診を受け、エコー写真をもらった。その写真を見た瞬間、ブワッと涙があふれてくる。それを見た助産師さんが背中をさすってくれた。

「ご、ごめんなさ……い」

「大丈夫よ。突然のことで驚いたわよね」

優しく声をかけてくれる彼女の言葉に何度も頷《うなず》いていると、お医者様に問いかけられた。

「あなた、どうしたい？」

その言葉に顔を上げると、彼が私の顔をじっと見据える。その途端、彼の言わんとすることが分かって、私は慌てて首を横に振った。

「う、産みます！　私、産みたいです！」

気がついたら、悩むよりも先にそう答えていた。

診察が終わり自宅に帰ると、ヘナヘナとラグの上に座り込む。そして、バッグの中から今日もらったエコー写真を取り出した。

あの日のテオさんとの赤ちゃん……

「……っうう」

お腹をそっと押さえると、涙がポタポタと落ちてラグに染みを作った。

神様はどうやら私にテオさんを忘れさせてくれないらしい。

「テオさん、私産みたい。産みたいの。産んでもいいですか？」

うわごとのように何度も繰り返しながら、スマートフォンを手にした。カメラフォルダを開き、あの日一緒に撮った写真を見つめる。

本当なら相手の許可なく、一人でこんな決断をするのはよくないのかもしれない。でも授かった子は、確かにあの日の私たちの愛の結晶だ。彼との唯一の絆なのだ。失いたくない……この子に側にいてほしい。

「ごめんなさい。身勝手でごめんなさい」

テオさんに謝っているのか、お腹の子に謝っているのか分からない。そのあと、私はベッドに入り泣きながら眠った。

夜に夏帆から体調確認の電話がかかってきたが、彼女には到底言えなかった。彼女のことだ。知れば絶対にトリエステホテルに乗り込むに決まっている。彼女は優しい人だから、きっと私のためを考えてそうするだろう。だけど、それはダメだ。テオさんに迷惑をかけられない。かけたくない。

一人でだって大丈夫。いっぱい愛してあげられるもの。

＊＊＊

——一週間が過ぎた。

その日は半休をもらって病院の診察に行ってきた帰りだった。そろそろ夏帆や両親に打ち明けないとなぁと思いながら、なんとなく散歩気分でいつもとは違う道を選ぶ。すると、見慣れない教会の前に出た。

「こんなところに教会なんてあったんだ」

ここら辺には長く住んでいるつもりだったけど、知らなかった。

何の気なしに近寄ると、入り口の前に建てられた聖母マリア像が目に入った。その瞬間、テオさんとの思い出が頭の中を巡る。

ミラノ大聖堂の屋上で一緒に見た黄金のマリア像。ドゥオーモ博物館の中庭にあったレプリカのマリア像。サンタ・マリア・デッレ・グラツィエ教会の聖マリア礼拝堂。そこで告白をして通わせあった想い。胸がギュッと締めつけられて、苦しくなる。マリア様は変わらず優しげな表情をたたえているのに、今はどうしても辛かった。

「うう、マリア様。私、私……」

本当は辛いの。自分で決めたことなのに、押し潰されてしまいそうで怖いの。

私は教会の入り口だというのに座り込んで泣いてしまった。すると、肩に手が置かれてハッとする。顔を上げると、神父様が優しい表情で立っていた。

「こんなところにいると体が冷えますよ。中に入りませんか?」

「あ……いえ、いいです。ご迷惑をおかけして、申し訳ございませんでした」

「迷惑だなんてとんでもない。教会の門はいつでも開いています。信徒ではなくても気にしなくていいんですよ。この出会いも神様が与えてくれたきっかけの一つです」

神様が与えてくれたきっかけ……

神父様はそう言って、私の手を引き立ち上がらせてくれる。そして中に入れてくれた。入ると、祭壇を挟むように跪《ひざまず》く二体の天使像と中央のステンドグラスに目を奪われる。

「綺麗……」

ポツリと呟《つぶや》くと、神父様は微笑んで私に座るように促してくれた。座って、ぼんやりと祭壇を見つめる。すると、また涙があふれてきた。

本当は今すぐテオさんのもとに行って、彼にいっぱい話したいことがある。聞きたいこともある。どうして婚約者がいるのに、私にプロポーズをしたの？　どうして何も教えてくれなかったの？

本当は声が聞きたい。会いたい。抱き締めてほしい。

テオさん……。今、私のお腹の中にあなたの子がいるの。本当は一緒に育てたい。この子が産まれたら彼に見てもらいたい。抱っこしてあげてほしい。途方もない願いが涙と共にあふれてくる。

「ごめんなさっ、ごめんなさい……」

神父様は涙の理由《わけ》を聞かずに、ただ泣きじゃくる私の側にいて、ずっと背中をさすってくれた。その優しさが温かくて、じんわりと胸に染み渡る。

教会でいっぱい泣いて、私は少し冷静になれた。というより、背中を押してもらえたのかもしれない。お腹の子を守れるのは私だけなのだ。だから強くならなければならないと言われた心持ちだった。

「……お腹の子のために何か食べなきゃ」

教会を出た私は駅前のカフェに向かった。

作る気力はまだないが、お腹の子のためにも食べなければならない。幸い、思ったよりつわりも重くなく、普通に仕事ができている。

ちゃんと食事をして、お腹の子のために栄養を摂らなきゃ。

カフェに入り、メニューを開くとパニーニがあった。ドゥオーモ博物館のカフェで食べたことを思い出して、胸が苦しくなったが、私はそれを注文することにした。

ルイボスティーを飲んで、ホッと一息吐く。その時――

「……！」

外に目を向けると、窓の外に仕事帰りのビジネスマンたちの姿が見えた。その中に見知った顔を見つけて、あまりの信じられなさに目を大きく見開いたまま硬直してしまう。

……テオさん？

いやいや、見間違いだ。こんなところにいるわけがない。私の会いたいと願う気持ちが都合の良い幻覚を見せているのだ。

そう思ってごしごしと目を擦《こす》る。でも、テオさんはそこにいるままだった。

幻覚のテオさんは眉間に皺《しわ》を寄せて誰かと電話で話しながら歩いていた。仕事中だろうか。足早に駅への道のりを歩いているように見える。教会で散々泣いて、お腹の子のために強くなろうと思えたおかげか、駆け寄りたい衝動を抑え込めた。

たとえ幻覚のテオさんにでも縋《すが》らない。私は――この子のために強くなるって決めたんだ。

＊＊＊

「おはよう、夏帆」

翌日、会社のロッカールームに入ると夏帆がいたので、声をかける。すると、彼女が笑顔で振り返った。でも私と目が合うと、その笑顔が真顔に変わった。じっと検分でもするように見つめられる居心地の悪さに、私は視線を泳がせた。

言いたいことは分かっている。昨日の病院の件だ。

「おはよう。昨日も病院に行ったって聞いたよ。大丈夫だった？　何か検査でもしたの？　結果は問題なかった？」

矢継ぎ早に質問してくる夏帆に思わず一歩後退《あとずさ》るが、彼女は一歩どころか二、三歩ずいっと前に詰めてきた。

「ま、待って！　お願い、ちょっと今は待ってほしいの。もう少ししたら全部話すから」

心配してくれているのに、ごめんなさい。

私は心の中で彼女に謝りながら、どういうふうに伝えれば、応援してもらえるだろうかと考えを巡らせた。ああでもない、こうでもないと考えてみても、結局良い案が浮かばない。でも、「妊娠したなら、絶対話し合うべきよ！」と言って、テオさんのホテルに突撃されるのは本当に困る。

産むと決めたのだから、これからは定期的に病院に行かなきゃならない。夏帆にも会社にも、そろそろちゃんと伝えなきゃいけないのは分かっている。

「そんなに深刻な表情をして……。えっ？　まさか病気？」

「ち、違うわ！　そういうんじゃないから！」

真っ青な顔で愕然とする夏帆に慌てて首を横に振るも、彼女は「本当？」と訝《いぶか》しげに畳みかける。

その問いに何度も頷《うなず》いた。

「そっか。良かった……。でも今日の美奈はいつもより顔色良いほうだね。だからその言葉を信じてあげる」

「ありがとう。昨日はいつもより食べられたの。今まで心配かけてごめんね。これからはちゃんと食事するから」

「食事できたの？　ああ、良かった」

「夏帆……」

私の言葉に夏帆が安堵の声を出して、その場に座り込む。その彼女の反応に、今までどれほど心配をかけていたのかを自覚して、反省の念が胸を占めた。

「すぐに忘れて立ち直るなんて無理なのは分かってる。でも落ち込んで、どんどん心も体も弱っていくのは絶対にダメだよ」

「うん、ごめんなさい。これからは大丈夫だから。ご飯もちゃんと食べる」

「そうして。よし！　じゃあ、今日はどこかに食べに行こ！　明日は休みだからゆっくりできるし、ちょっと遠出しちゃう？　横浜のほうに美味しいお店が……」

「あー、ごめん。昨日、半休もらっちゃったから仕事溜まってるの。それはまた後日にしてもらっていい？」

立ち上がり、やや前のめりにご飯に誘ってくれる彼女の言葉を遮る。

とても嬉しいが、仕事が溜まっているのは本当だ。

「ほら、それじゃなくても最近体調が悪くて、業務が滞《とどこお》りがちだったから……。皆にはたくさん迷惑かけたし、そろそろちゃんと頑張らなきゃ」

「美奈は真面目だね。体調悪い時はお互い様なんだし、できることは手伝うから、遠慮せずに回してね。辛い時は辛い、しんどい時はしんどいって言って、ちゃんと周りを頼るのよ」

優しく微笑みかけながら私の肩を叩く夏帆に、泣きそうになった。

私は一人じゃない。支えてくれる人がいる。だから、もう大丈夫。これからは強くなれる。

「うん、ありがとう」

「よろしい！」

夏帆は満足げに笑って、ロッカールームを出ていった。その背中を見ながら、滲《にじ》んできた涙を拭《ぬぐ》う。ミラノから帰ってきてから、どうも涙脆《もろ》くて困る。

でも私、夏帆のこと見くびっていたのかもしれない。真剣に話せば、彼女なら私が決めたことを絶対に応援してくれる。次、ご飯を食べに行く時にちゃんと話そう。そう心に決めて、ロッカーに荷物を詰め込んだ。

＊＊＊

すっかり遅くなっちゃったわ。

今日は吐き気もなく体調が落ち着いていたから、ついつい張り切ってしまった。

でもさすがに疲れた。早く帰って休みたい。幸い、明日は土曜日で休みだし、お風呂を後回しにして眠っちゃっていいかな。あ、でも夕食は食べなきゃ。冷蔵庫に何もなかったかも。

そう思った私はもうすぐ自宅というところで、クルッと回れ右した。もう暗くなって街灯が灯《とも》る道を歩いて、コンビニに向かう。着いた――という時に、コンビニの駐車場で二人の男性が煙草を吸いながら、私のことをニヤニヤ見ていることに気づいた。

なんだか嫌な視線……。早く必要なものを買って帰ろう。

急ぎ足で彼らの横を通りすぎようとすると、車に凭《もた》れているほうの男性が声をかけてきた。

「お姉さん、可愛いね。俺らと遊んでよ」

その声にびくっと体が跳ねる。慌てて首を横に振り、「ごめんなさい」と断って、小走りでコンビニの中に入ろうとしたが、すかさず前に回り込まれてしまう。そして、いきなり肩に手を回された。

「……っ！」

「逃げることないだろ」

「可愛い～。声震えてるよ。そんなに怖がらなくても、大丈夫だって。楽しいことしかしないから。ほら、飲みに行こうよ」

「ほ、本当に無理です。離して！」

懸命に身を捩《よじ》って逃げようとしたが、もう一人の男性に腕を掴《つか》まれる。肩に手を回していた男性が私の背中を押した。ズルズルと引きずられそうになって、私はコンビニの入り口のほうを見て、「やめてくださいっ！　誰か助けてっ！」と大きな声を出した。しかし大声を出したのに店員さんもコンビニの中にいるお客さんも、誰一人出てきてくれない。助けにきてくれない。

どうして？　どうして誰も助けてくれないの？

「えー。誰か助けてとか傷つく。お姉さん、ペナルティ一個ね」

「無駄だよ、ただふざけ合ってるだけにしか見えないって」

目一杯力を込めて抵抗しているのに、びくともしない。彼らにどれだけやめてとお願いしても笑われるだけだった。怖すぎて震えが止まらない。このまま車に乗せられたら、どうなってしまうのだろう。恐ろしい未来が頭をよぎって足が竦《すく》んだ。

わ、私、今は一人の体じゃないのに……！　この子を守らなきゃ！　何としてでも、この子だけは……

お腹の子のことを想うと、怖くて動けなかった体が少し動いた。手に持っていたバッグを振り回し、精一杯二人を殴る。

「……っ！　優しくしてやっていたら調子に乗りやがって。ふざけるなよ」

私の背中を押していた男性が右手を振り上げた。あ！　殴られる！　と身構えた時、怒号が響いた。

「何をしているんだっ！」

こ、この声。この声はまさか……

「……っ⁉」

「美奈！　大丈夫か？」

よく聞き慣れた声に体が大きく揺れる。目を凝《こ》らして見てみると、そこには元カレの稔がいた。

どうして稔がここに？

びっくりしすぎて返事ができないでいると、稔が怖い顔で近づいてくる。すると、私に絡んでいた二人の男性がたじろいだ。

「何なんだよ、あんた」

「それはこっちのセリフだ。その子、俺のなんだ。汚い手で人の物に触るなよ」

誰があんたの物よ！　誰が！

クワッと稔を睨《にら》みつける。が、稔は私の視線なんて気にせずに絡んできた二人に突っかかっている。稔の怒りを隠さない声と態度に、彼らが怯《ひる》んで逃げていった。

＊＊＊

「ありがとう……」

コンビニの駐車場の、人目につかない隅に脱力して座り込んでいると、稔が買ったばかりの冷たい水を渡してくれる。

「無事で良かったよ」

立ち上がって受け取ると、彼がそう言いながら安堵の息を吐いた。

「助けてくれてありがとう。本当に怖かったから……すごく助かったわ。で、でも、私たちは……」

「それは分かってるよ。あれは一種の方便だ。気分を害したなら悪かった」

「そっか。そうよね。ごめんなさい……」

安心したせいか涙が出そうになった。でも稔の前では泣きたくなくて、涙をグッと堪《こら》え、無理矢理笑顔を作った。

「あの、今日は本当にありがとう。でももう遅いし、お礼は後日にさせて？　何がいいか考えておいてね」

「お礼は美奈がいい」

「え？　今、なんて……」

間髪いれずに耳を疑う言葉が聞こえてきて眉を顰《ひそ》める。聞き直そうとした途端、稔が突然土下座した。

「悪かった！　本当に悪かった！　俺、美奈に甘えてたんだ。頼む、やり直したい！」

私がギョッとすると、稔が縋《すが》るように上目遣いで見つめてくる。その視線に嘆息《たんそく》すると、彼が立ち上がって私の手を握った。

「変な冗談言わないで」

「バカ。こんなの冗談で言えるかよ」

私の反応に拗《す》ねたように口を尖らせて、私の手に頬擦《ほおず》りをする。慌てて振り払うと、彼がまた私の手を掴《つか》んだ。

助けてもらったので強くは出られないが、やめてほしい。私は大きく首を横に振った。

「ごめんなさい。よりを戻すのは無理よ。他のお礼を考えておいて」

「嫌だ、美奈が欲しい。それにお前、俺のこと好きだろ。ずっと尽くしてくれてたじゃねぇか。今は拗《す》ねてるだけだって、ちゃんと分かってるから。なぁ、仲直りしよう」

私は稔の物言いに唖然《あぜん》とした。

その自信は一体どこから来るのだろうか。本当に自分勝手な男ねと深い溜息を吐いて、彼に背を向ける。

「私、もうあなたのこと好きじゃないの。何度も裏切られて、変わらずに想っていられるほどバカじゃないわ。それに私、好きな人がいるの。お腹の中にはその人との子供もいるのよ。だから、あなたとはよりを戻せないわ」

「え？　子供……？」

きっぱり断ると、稔がキョトンとして言った。

「それ、俺との子って可能性はないわけ？」

「は？　そんなわけないでしょ。私たち、一年くらいセックスレスだったのよ。どうやって妊娠するのよ。この子は別の人との子よ」

「あれ？　そうだったか？」

首を傾げた稔に今日一番げんなりした。とどのつまり、この男はいろんな女性と関係を持ちすぎて、誰と致したかすら覚えていないのだ。

最低……！

絶対零度の眼差しで稔を睨《にら》むと、彼が「悪い悪い」と誤魔化すように笑う。そして肩を抱いてきた。

「ってことはお前も浮気してたのか？　何だ、お互い様じゃん。これでおあいこってことで仲直りしよう」

「してないわよ！　あなたと別れたあとの話よ！」

もう嫌。言葉が通じない。

私が頭を抱えると、稔が抱きついてくる。

「じゃあ、その好きな人はお前のピンチに何してるわけ？　助けにも来ないじゃん」

「そ、それは……」

「どうせ俺への腹いせで、行きずりの男と寝たんだろ。それで失敗して妊娠か。美奈もバカだよな。まあ俺は心が広いから、それくらい許してやるよ。だから、お前も俺を許せよ。何なら、結婚しよう。その腹の子は俺たちの子として育ててやるから」

は？　何言ってるの？

私が顔を顰《しか》めると、稔がさらに強く抱き込んでくる。そして腰の辺りに何か硬いものを押しつけられてゾッとした。

「ちょっと、やめてよ。気持ち悪いわ」

「そんなこと言っていいのかよ。女手一つで子供を育てるのは大変だぞ。それに子供に、父親が必要だと思わないのか？　素直になれよ。母親なら何がお腹の子の幸せか分かるだろ」

……お腹の子の幸せ？

稔の言葉に反論できなかった。親子二人でも、慎ましやかに生きられれば幸せだ。そう思っていた。でもやっぱり子供に父親は必要なの？

お腹に手を当てて俯《うつむ》くと、稔がニヤッと笑った。

「よし、決まりだな。どうせ明日も明後日も休みなんだろ。美奈がいなくなってから部屋が散らかってるんだ。今から片づけにきてくれよ。あと、飯も作ってくれ」

「は？　嫌よ。私はあなたの家政婦じゃないのよ」

「そんなつもりじゃねぇよ。あ、もしかして拗《す》ねてるのか？　久しぶりに抱いてやるから機嫌直せよ。俺には美奈だけだって、今夜はいっぱい教えてやるよ」

彼の言葉に口をポカンと開けて固まった。呆れてものが言えない。

私、どうしてこんな人が好きだったんだろう。

過去の自分に嘆息《たんそく》して身を捩《よじ》り、彼の腕の中から逃げようと試みる。が、しっかり抱き込まれていて逃げられなかった。

「離してよ！　私、絶対あなたとよりなんて戻さないわ！　一人でもこの子を立派に育ててみせる！　それに、私もう稔のこと大嫌いなの！」

「はいはい、分かった分かった。拗《す》ねてる美奈も可愛いけど、そろそろ機嫌直そうな」

そう言って、稔が私の顔をやや乱暴に掴《つか》んだ。

「ふざけないでよ！」

強引にキスしようとしてくる彼の胸を押しのけて顔を引っ叩こうとした時、コンビニの駐車場に車が入ってくる。そして、車から降りてきた人が私の腕を引っ張った。

「ミーナ、大丈夫かい⁉」

「テ、テオさん……⁉」

稔の腕から助け出してくれ、守るように抱き込まれて一瞬時が止まる。

ずっと会いたかった人が目の前にいる。自分はまた幻覚を見ているんだろうか。

動けないでいると、テオさんが私の額《ひたい》に優しいキスを落とした。その途端、稔が不機嫌そうに眉根を寄せる。

「何だよ、お前」

「嫌がっている女性に乱暴を働くなんて最低だな。日本も随分と治安が悪くなったものだ」

「は？　嫌がってねぇよ。そいつは俺の恋人だからな」

「違います！」

テオさんの怒りを隠さない声に、負けじと稔も言い返す。彼の言葉にテオさんが一瞬驚いた表情《かお》をして私を見たからすかさずきっぱりと否定した。

「昔付き合っていたというだけです！　今は赤の他人です。今日は偶然会っただけで……」

「は？　美奈、お前……！」

眉間に皺《しわ》を寄せて怒りを露《あら》わにした稔が私に向かって怒鳴りつける。すると、テオさんが私を背中に隠してくれた。

テオさん……

「彼女は僕の大切な女性なんだ。もしも引かないようであれば、僕にも考えがあるけどそれでいいかい？」

優しい口調だけど、威圧するように声はとても低い。その地を這《は》うような声音に体を強張《こわば》らせると、もう一人車から降りてきた。

「ミーナちゃん、彼のことはテオに任せてこっちにおいで」

「え？　でも……」

「テオは大丈夫だから」

金髪碧眼の男性が私に手を差し出して、日本語で話しかける。

「レナートは僕の友人だから大丈夫。車で待っていて」

私が躊躇《ためら》っていると、テオさんが耳打ちしてくれる。

テオさんのお友達？　じゃあ大丈夫よね。

頷《うなず》くと、後部座席に案内してくれた。背後からは私の名を呼ぶ稔の怒鳴り声が聞こえる。それを無視して後部座席に乗り込むと、レナートさんがハンカチを渡してくれた。

「触られて嫌なところがあったらこれで拭《ふ》いて」

私がそのハンカチを受け取ると、彼がニコッと微笑んだ。

「はじめまして。テオの秘書をしているレナートです。ごめんね、色々と辛い思いをさせて。あとで本人から弁明があると思うから、俺からは言わないけど大丈夫だから。ミーナちゃんが心配してるようなことはないよ。お願いだから、もうちょっとあいつを信用してやってほしい」

そう言って彼は私に頭を下げた。

「少し待っていてね。あ、警察を呼んだほうがいいかい？」

返事もできずに固まっていると、レナートさんから尋ねられたので首を横に振る。

警察は大袈裟だ。元は付き合っていた人だし、何よりさっき絡まれていたところを助けてくれた。

彼は自分本位なところが多々あるが根は悪い人ではないのだ。話せばちゃんと分かってくれる。

「了解」

レナートさんがそう言って車のドアを閉めたので少し開いている窓から外を覗くと、彼がテオさんと稔のところに近づいていくのが見えた。

「弁明？　信用？　私が心配してるようなことはない？」

車内で一人になると、レナートさんが言い残していった言葉がポツリとこぼれる。

その言葉をどう受け取ればいいか分からずに、私はハンカチを握り込んだ。先ほどまで変な男たちに絡まれて怖かったが、テオさんが来てくれて急速に安心して力が抜ける。

稔の前では泣けなかった涙が自然とあふれてくる。

すると、二十分くらい経った頃、テオさんとレナートさんが戻ってきた。久しぶりの姿を視界に捉えて唇を噛み締めて俯《うつむ》くと、後部座席に乗り込んだテオさんが心配そうに背中をさすってくれた。

そして私の手を両手で包んで頬に当て、安堵の息を漏らす。

「ミーナ、無事で良かった」

「……」

「ミノル君と話したら分かってくれたから、もう大丈夫だよ。最後に謝りたいって言っているんだけど、どうする？」

「ありがとうございます。そうします」

彼に手を引かれて車から降りる。すると、稔が申し訳なさそうに立っていた。そして「ごめん」と私に頭を下げる。

「今まで本当に悪かった。ずっと傷つけてきたよな？　軽んじてるつもりとかじゃなくて、本当にただ甘えていただけだったんだ。美奈の優しいところ好きだったよ。気遣いも作ってくれる飯も本当に助かってた。それなのに、浮気ばっかりして悪かった。さっきも自分勝手なこと言って悪かった。今までありがとな」

「私こそ、今までありがとう。次に彼女ができたら絶対に泣かせちゃダメだよ。もう浮気なんてせずに大切にしてあげて。それから、ご飯作ってもらったり掃除してもらったらありがとうくらい言ったほうがいいよ。感謝してほしくてやっていたわけじゃないけど、して当然みたいな態度はさすがに嫌になるから」

彼と過ごした時間は嫌なことや辛いこともあったけど、それだけじゃなかった。楽しいことも確かにあったのだ。それまでなかったことにはしたくない。私はもうこれで会うのも最後だと、ここぞとばかりに彼に注意事項を並べ立てた。すると、稔が笑う。

「はいはい。善処するよ」

そして去り際に声をひそめて、こう言って帰って行った。

「お腹の子の父親ってアイツだろ。ちゃんと責任取らせろよな」

そうね。責任云々は別として、逃げたことを謝って、ちゃんと話し合わなきゃ。

去っていく稔の背中をぼんやり見ていると、テオさんが私の肩に手を置く。

「次は僕とも話してくれる？　話したい」

「……はい。勝手に日本に帰ってごめんなさい」

「ミーナは何も悪くないんだから謝らないで。それに、ミーナはとても怖い思いもしたんだ。ミノル君から話聞いたよ。絡まれたんだって？　大丈夫だった？　もっと早く助けに来られなくてすまなかった。ねぇ、ミーナ。我慢しないで泣いていいんだよ」

「っ、う、うう……っ」

彼の優しい声音や彼の姿に、押し殺してきた色々な感情が沸いてくる。まるで決壊したみたいに涙が止まらない。私は嗚咽《おえつ》を漏らしながら、泣き続けた。

一人で大丈夫だと思っていた。一人でもこの子を守れると本気で思っていた。でも現実はどうだろう。力で押さえつけ襲われたら、私一人の力ではどうにもならなかった。

会えて嬉しいという気持ちと会ったら決心が鈍ってしまうのにという困惑。それらがごちゃ混ぜになって、私は彼の胸に縋《すが》りついてただ泣くことしかできなかった。

「少し落ち着いたかい？」

ひとしきり泣いて少し落ち着いた私の涙をハンカチで優しく拭《ぬぐ》ってくれる。何も変わらない彼の微笑みを見ていると、また胸が苦しくなってくる。思わず私が俯《うつむ》くと、テオさんが私の頬に手を添えた。

「ちゃんと話そう。話したい。本当にすまなかった。ミーナの疑問にはすべて答える。誤魔化したりしないと誓うよ」

「……」

「本当はすぐに追いかけて弁明したかったんだ。でも、まずはミーナとゆっくり話す時間を作らなきゃと思った。本当にすまない。一ヵ月も放っておくつもりなんてなかったんだ。でもゆっくり話すためには、溜まっている仕事を片づけて、しばらく日本で仕事ができるように調整しなきゃならなかった。それに思いのほか時間がかかってしまって……。不安にさせたよね。会いたかった。本当は何もかも放り出してミーナを追いかけたかったんだ」

そう言ったテオさんの瞳には涙が滲《にじ》んでいた。震える手で私に触れる彼にすぐ返事ができず目を伏せると、ギュッと抱き締められる。私も会いたかった。私だってなりふり構わず、テオさんに「好きなの。別れたくない」と言って縋《すが》りたかった。

彼の力強い腕の中にいると、気持ちが抑えられなくなる。私がキュッと唇を引き結ぶと、テオさんは私から体を離し何度も何度も私に頭を下げた。

「そんなに謝らないでください。頭を上げて……」

「昨日……」

「え？」

「昨日、ミーナの家を訪ねたんだ。でもいなかった。けど、よく考えてみれば仕事をしている時間だとも思ったから、今日は遅めに訪ねようと思ったんだ。正解だったね、会えて嬉しい」

心の底から再会できたことを喜んでくれるテオさんを見ながら、昨日見たテオさんは幻覚じゃなかったのだと理解した。自宅を訪ねたけど不在だったから、駅までの道を探してくれていたのかもしれない。

嬉しさと戸惑いが混ざり合う。何をどこから、どう話せばいいか分からないが、私はとりあえず自分の気持ちを吐き出すことにした。

「誰かを、傷つける……恋は……嫌なの、っ……」

言葉にすると、また涙があふれてくる。ちゃんと泣き止んで話さなきゃいけないのに、なかなか止まってくれない。

「どうしてっ……婚約者がいるのに、私にプロポーズをしたんですか？　そ、それに、私はテオさんがホテル王だなんて知らなかった……。トリエステホテルがあなたのものだなんて知らなかったの」

ボロボロと泣きながらずっと聞きたかったことを吐露《とろ》すると、テオさんが私の背中を優しく撫でてくれた。

そんなに優しくしないで。テオさんから離れられなくなってしまう。せっかく別れようと決心をして日本に帰ってきたのに、決心が鈍ってしまう。

彼のために身を引こうと考えたのに、彼の優しさに触れて抱き締められたら、ずっと一緒にいたいという自分の気持ちを抑えられなくなる。あなたの優しさも、その声も、笑顔も、全部全部独り占めしたくなってしまう。婚約者より私を選んでと縋《すが》りたくなる。

この人がどうしようもなく好きなのだ。なりふり構えないくらい好きで好きで仕方がないのだ。

私はレナートさんが渡してくれたハンカチで涙を拭《ぬぐ》おうとした。その時、納得がいかないという表情のテオさんと目が合う。

「ミーナ、待って。僕の素性のことを黙っていたのは悪かったけど、婚約者って何？　そんなのいないけど」

「……は？」

予想もしていなかった言葉に、思わずハンカチを落としそうになった。でも彼は本当に心当たりがないという顔をしていた。その表情に、一瞬涙が引っ込む。

テオさんが嘘を言っているようには見えなくて、ひどく混乱した。

「で、でも、新聞に隠された婚約者がいるって書いてありました」

「ああ」

私の言葉にテオさんが眉を寄せる。でもすぐに得心したようで、手をポンと叩いた。

「あー、うん。そういえば書いてあったね。でもそれはミーナのことだよ」

「た、確かにミラノの観光地を回っているのは私のことでしょう。でもそれはテオさんの婚約者が表に出ない人だから、私と混同したんじゃないんですか？」

話がうまく呑み込めず、首を傾げる。

私はまさかとんでもない勘違いをしているのだろうか。眉を顰《ひそ》めると、テオさんが私の両肩に手を置いて、真剣な表情で言った。

「婚約者なんていたことは一度もない。あの新聞は今まで女の気配がなかった僕がミーナを連れて歩いてるから、変な勘繰《かんぐ》りをされただけだ。ただの憶測が記事になって、僕だって迷惑していたんだよ。こんなことなら何がなんでも記事を差し止めておくべきだった」

テオさんは、そう言って項垂《うなだ》れた。その姿を見て、私は口をポカンと開けたまま固まってしまう。

「え？　じゃあ、私勘違いをして……？」

私ったら、一人で早合点してなんということを……！

「まあ、だからあの記事に書かれてるのは全部ミーナのことだよ」

血の気が引いていく私の姿を見て、テオさんは困ったように笑いながら頭を掻《か》いた。そして私をじっと見つめる。

「それだけ？　それが黙って日本に帰った理由？」

「……はい。お仕事がもっと上手くいくために、有力な家のお嬢様と婚約を決めたのなら、それを私なんかが壊しちゃいけないと思いました。それに、私にはあなたの助けとなる肩書きも家柄もないから。だから私がしてあげられることがあるとすれば、身を引くことだけだって思って、それで……」

「ミーナ。僕は政略結婚をしたいなんて思ったことは一度もない。もしも今よりホテル事業を手広くやって、もっと会社を大きくしたいと思ったら、自分の力でするよ」

その言葉に妙に納得してしまった。確かに彼のトリエステホテルグループは揺るぎない大企業だ。むしろ、彼と縁を繋ぎたい企業のほうが多いだろう。

そっか。政略結婚する必要ないんだ。

その言葉に安心して気が抜けて、彼の胸にポスッと顔を埋《うず》めると、力強く抱き締めてくれる。

「他には？　何でも言って？　ここで全部誤解や疑問を解消しよう」

「じゃあ好きって言ってください。遊びじゃないって。私が一番だって……愛してるって言って」

もちろん、テオさんが私のことを想ってくれているのは分かっている。それを疑ったことはない。それでも、本当なら彼は私の手の届かない人だ。会うことも望めないくらい雲の上の人。そんな彼と自分の差に戸惑ってしまうし、やはり悩んでしまう。

だから、改めて明確な言葉が聞きたい。私だけなのだと言ってほしい。

もしも……もしも私が彼と同じ立場や家柄なら、あの時に逃げないで向き合えたのだろうか。婚約者より私を選んでと言えたのだろうか。ううん。そんなのなくても夏帆の言うとおり、あの場で真偽を確認していれば良かったんだ。そうしたらこんなことにならなかったのに。逃げるより話し合ったほうが絶対に早いのに、誤解をして変な行動力を発揮して、日本に逃げ帰っちゃうからテオさんをたくさん傷つけた。私ったら、本当にダメね。

私が自分の衝動的な行動に後悔していると、テオさんが私の顎《あご》をすくい上げて、見つめてきた。

「愛してるよ。ミーナが一番だ。僕が欲しいのはミーナだけなんだ。結婚したいのは君だけ。添い遂げたいのは君だけだよ。ずっとそう言ってきたはずなんだけどな」

テオさんの言葉と想いに、胸をギュッと鷲掴《わしづか》まれる。

嬉しい。すごく嬉しい。

「ありがとうございます。もう二度と話し合わずに逃げたりしません。傷つけちゃって、困らせちゃって、ごめんなさい」

「ミーナ、愛してる。結婚してほしい」

彼の首裏に手を回して抱きつくと、彼に甘く囁かれる。そして瞼《まぶた》や目尻にキスが落ちてきたあと、ゆっくりと唇が重なった。

「私も、愛して……います。何も、ない……私だけど、そ、それでも……精一杯、あなたを、あなただけをっ、愛しています」

「ありがとう、ミーナ。何もないなんてことはないよ。ミーナはそのままで魅力的なんだから自信を持って」

テオさんが抱き締めている手に力を込める。私も強く抱きつくと、咳払いが聞こえてきた。その声のほうを見ると、運転席にいるレナートさんがとても気まずそうにこちらを見ていた。

「あのさ……取り込み中悪いんだけど、話がまとまったなら行き先を指定してくれないかな？」

「あ、ごめんなさい！」

すっかり忘れていた！　ここ、車の中だったわ！

私はテオさんの腕の中から飛び退《の》くように離れた。それを不満に思ったのか、テオさんが手を伸ばしてまた抱き締めてくる。

「そんなの言わなくても分かるだろう」

「言ってくれないと分からないよ。俺は悪くない、俺の存在を忘れて話し込んでいるテオが悪い」

呆れ百パーセントの目でテオさんを睨《にら》むレナートさんに、ついつい笑ってしまう。

「そろそろ帰ろうか」

私が笑っていると、テオさんが私の顔を覗き込みながら声をかける。

「はい」

「さて、じゃあどっちに行く？　ミーナの家？　それとも僕の家に行く？　日本には別宅があるからホテルより寛《くつろ》げると思うよ。ミーナが置いていった荷物も持ってきてあるから、僕の家を選んでも着替えには困らないしね」

その言葉にハッとして、私は深々と頭を下げた。

「ごめんなさい。荷物どころかチェックアウトもせずに、すべてを放り出して……」

「本当だよ。チェックアウトをしなかった分の超過分。すごく溜まってるよ」

「え？　どうしよう……」

「うそうそ。そんなのないよ。でも心配した僕の心はそれ以上のものだから、このあとミーナに癒してほしいな。もちろん僕もこれまでを埋めるくらい、ミーナを癒すし甘やかしたい」

「テオさん……」

嬉しい。そして私、その前にあなたに伝えなきゃいけないことがあるの。私のお腹にあなたの赤ちゃんがいます。このことを聞いたら、喜んでくれるかしら？

「今まで預かってくれてありがとうございました。荷物を取りに行きます」

「よし！　テオの家で決まりだね」

そう言ったレナートさんが車を発進させた。

＊＊＊

どうしよう……。どうやって切り出せばいいかしら。

「妊娠してます、だなんて急に言われたらびっくりするわよね」

変な男に絡まれた上に元カレに抱き締められて気持ちが悪いだろうと、すぐにお風呂の用意をしてくれたけど、このあとのことを考えると落ち着かない。そのせいか、せっかくの広いお風呂を満喫できていない。私は小さく息を吐き、バスタブの中で縮こまるように座り俯《うつむ》いた。

初めて訪れたテオさんの日本でのお家は、夜景が綺麗な3LDKのタワーマンションだった。とても広いリビングなのにソファーとテーブル、ダイニングテーブル一式などの最低限の家具があるだけで、生活感というものが感じられなかった。

日本に滞在している時だけの家だからかしら。とても素敵なお家なのに、なんだかもったいなく感じてしまう。あ……でも私たち、結婚するのよね。ということは、ここも私たちとお腹の子のお家になるのかな？　それなら、もっと過ごしやすい部屋づくりをしてみてもいいかもしれないわ。

「テオさん、任せてくれるかしら」

声に出してみると、ごく自然に結婚生活を想像できている自分に気がついて、両手で顔を覆う。少し顔が熱い。

彼に愛を囁かれ、キスをして抱き合える——またそんな日が来るなんて思いもしなかった。

嬉しすぎて、まだ夢を見ているような気分だ。冷静になろうとしても胸が高揚して、頬が緩むのを止められない。

「あ、夏帆に報告しなきゃ」

彼女にはとても心配をかけたから、早速明日にでも報告したい。きっと自分のことのように喜んでくれるだろう。でも、「ほらね。だから真偽を確認すれば良かったのにって言ったでしょ」って言われるわね。それに私がお腹の子のことをどう伝えようか悩んでいるのを知ったら、「絶対に大丈夫だから、早く伝えてきなさい」と言って、背中を叩いて励ましてくれそう。

親友の言葉を想像して、つい一人で笑ってしまう。

彼女の顔を思い出すと、さっきまでどうやって切り出そうか悩んでいたのが嘘みたいに、早く言いたくなった。だって、テオさんは私がどんな切り出し方をしても、絶対に喜んでくれるはずだもの。そう思うと居ても立っても居られなくなり、お風呂を切り上げてバスルームを出た。ミラノのホテルに置きっぱなしだった自分の下着やパジャマに袖を通す。

すべてクリーニング済みなのだが、下着まで洗われているのはちょっと気恥ずかしい。置いていった自分が悪いから仕方がないのだけど。

苦笑いをしながら濡れた髪を乾かして、洗面脱衣所を出た。すると、リビングのドアが開け放たれていて、待っていてくれる彼の姿が見える。

「テオさん、お風呂ありがとうございました」

ドアから顔を覗かせると、タブレットを見ていたテオさんが顔を上げた。そして手招きをして微笑んでくれる。

「ミーナ、こっちにおいで。掴《つか》まれた腕の手当てをしよう」

「え？　手当てなんてしなくても大丈夫ですよ」

「大丈夫じゃないよ。結構きつく掴《つか》まれていたってミノル君が言っていたよ。我慢して明日痛みが増したらどうするんだい？」

もう。テオさんったら、心配性なんだから。

彼の気遣いが嬉しくて、赤くなった頬を隠すように俯《うつむ》いたまま、隣にちょこんと座る。すると、腰を抱かれ、彼の脚の間に座らされた。そしてギュッと抱き締められる。優しく包み込むような腕のあたたかさに、ちょっと泣きそうになった。

テオさん、嬉しい。私、今とても幸せ……

コンビニで襲われた時は絶望のどん底だったけど、本当に良かった。私のことを諦めないで追いかけてくれた彼のおかげだ。

ありがとうございます、テオさん。

心の中でお礼を言いながら、体の向きを少し変えて抱きつくと、よしよしと頭を撫でて甘やかしてくれる。そんな優しい彼に改めて今回の非礼を詫びて頭を深々と下げると、彼が首を横に振る。

「ミーナは何も悪くない。僕のほうこそミーナに不安な思いばかりさせて本当にすまなかった。もっとちゃんと早く話していれば、新聞を読んでも誤解させなかったのかと思うと悔やまれるよ」

彼はまた私に謝りながら、湿布を貼って包帯を巻いてくれる。そのせいかとても大袈裟に見えてしまって、苦笑いしながら患部を見つめた。

少し赤くなっているけど、本当にもう痛くないし大丈夫なんだけどな。

「髪少し伸びたね。すごく可愛い。でも……痩せたね。ちゃんとご飯食べてる？　僕のせいだよね？　本当にすまない」

「最近はちゃんと食べているので大丈夫ですよ」

「本当かい？　じゃあ、これからはもっとたくさん食べようね」

彼は私の些細な変化にも気づいてくれる。それがとても嬉しい。私が小さく感動していると、テオさんが私の髪を手で梳《す》く。そして露《あら》わになった首筋に吸いついた。

「んっ」

「可愛い声だね、もっと聞かせて。ミーナ」

「あっ……テオさん、っ」

「名前を呼ぶと返事をしてくれる。名前を呼び返してくれる。手を伸ばせば触れられる距離にミーナがいてくれるなんて感動だ。こんな当たり前のことが、すべて奇跡の上に成り立っているんだなと、僕は今回痛感したよ」

「ごめんなさい……」

彼の悔やむ声に胸が痛くなって、また頭を下げる。すると、彼は私の首筋に顔を埋《うず》めたまま、首を横に振った。

「もう謝らないで。大好きだよ、ミーナ。愛してる。もう離さない」

「あんっ……待っ、て」

甘い囁きと共に首筋に舌が這《は》わされた。その瞬間、慌てて彼の頭を押す。

彼の腕の中はとても心地良いけど、今は浸っている場合じゃない。それにこのまま始まってしまったら困る。ちゃんと話さなきゃ。

頭を押して動きを制された彼が不満げに私を見つめてきた。

「抱きたい。僕たち、久しぶりなんだよ。もう我慢できないよ、ミーナ」

甘えてくる姿が可愛くてついふふっと笑うと、また首筋を舐められて身を捩《よじ》る。

「やぁっ、だからダメなのっ」

「ミーナ……」

彼は悲しそうに私を見て体を離した。落ち込んでいるのが分かるくらい項垂《うなだ》れている。

「そうだよね。そんなに簡単に僕のこと許せないよね」

「ち、違います。そうじゃなくて話が！　大切な話があるんです！」

「話？　まだ何か不安なことがあるのかい？」

気遣わしげに私を見る彼に首を横に振って、リビングに置かれているバッグから母子手帳を取り出した。それをテオさんに渡す。

「まさか……」

彼はそれを見た瞬間、大きく目を見開いて、私と母子手帳を交互に見た。

「はい。あの日のテオさんとの子です。自分一人でもいいから産んで育てようと思っていました。でも今は一緒に育てていきたいって思っています。あ、あの、っきゃあっ！」

「やったー！」

喜んでくれるかと聞く前に、テオさんが大きな声を出して、私を抱き上げた。高く抱き上げられて、体が宙に浮き上がる。

喜んでもらえたのは嬉しいが、これはちょっと怖い。私はガシッと彼にしがみついた。

「あ、あの、テオさん……降ろして」

「気が利《き》かなくてすまない、ミーナ」

「え？」

「だったら、いつまでもこんなところにいてはいけない。体が冷える。今すぐベッドに行こう」

そう言った彼は私を抱きかかえたまま、ゆっくりと歩き出す。

「え？　あの、でも……」

「大丈夫だから、そのまま掴《つか》まっていて」

テオさんは慌てている私を宥《なだ》めて、リビングの奥のドアを開いた。そして電気が消えたままの暗い寝室のベッドにそっと降ろされる。リビングから差し込む光で彼を見つめると、私の頭を撫でたあと電気をつけてくれた。そして布団でくるまれる。

「そんなに不安そうにしなくても襲ったりしないよ。お腹の子に負担をかけるようなことはしない。ちゃんと我慢できるから」

「テオさん……」

「それよりありがとう。ミーナが僕の子を産んでくれるなんて本当に嬉しい」

彼は布団越しに、まだぺったんこの私のお腹に頬擦《ほおず》りして、お腹に語りかけてくれる。

「僕たちのところに来てくれてありがとう」

「テオさん……」

「女の子かな。男の子かな。明日、ベビー用品を揃えに行こう。やっぱり出産は実家がある日本がいいよね。もう少し日本で仕事ができるように調整しないと。あ、その前にミーナのご両親に挨拶に行かないと……」

テオさんはそわそわした様子で、今後のことを考えているのか一人でブツブツと呟《つぶや》いている。

「そうだ！　今からレナートに相談を！」

そう言って突然立ち上がろうとする彼に、私はギュッと抱きついて言った。

「テオさん、落ち着いてください！」

「でも……」

「お、お医者様は妊娠中でも妊娠経過に問題がなければエッチをしても構わないと言っていました。もちろん体調が良くて、お互いの気持ちが一致しているのが前提ですが、私だって久しぶりにあなたに抱かれたいです」

言うなり、恥ずかしさが襲ってきて、顔がカァッと熱くなる。私は自分の顔を彼の胸に隠すように埋《うず》めた。

妊娠中なのにしたいだなんて、はしたないと思われたかしら？

そう思うと顔を上げられなくてギュッと目を瞑《つむ》ると、彼に顎《あご》をすくい上げられる。

「ミーナ、嬉しいよ。ありがとう。負担にならないように優しくすると誓う。でももし、辛くなったりお腹に痛みがあったりしたらちゃんと教えてほしい。我慢しないって約束できる？」

「はい……」

私が頷《うなず》くと、それを合図に唇が重なった。何度か啄《ついば》むようなキスを繰り返したあと、テオさんの唇が私の耳の縁《ふち》をなぞり、そのまま耳朶《たぶ》を食《は》んだ。

「僕たち結婚するんだし、そろそろ敬語もやめようか」

「ひゃっ、っぁ、が、頑張ります、っやぁ……が、がんばる、っぅ……！」

「少しずつ減らしていこうね」

そう言って、お互いの唇がまた重なる。

優しく包み込んでくれる彼の腕の中で、彼にキスをされている。それだけで嬉しくてたまらなかった。お互い服を脱いで生まれたままの姿になると、テオさんがゆっくり覆い被さってくる。

「ミーナ、愛してるよ。君にまた触れられるなんて夢みたいだ。お願いだから明日になっても消えないで」

「テ、テオさん、あっ、あんっ」

もう消えませんって言いたいのに！

耳元で囁かれ、耳の縁《ふち》を舌でなぞられると、返事ができなかった。彼はまた耳朶《たぶ》を食《は》んだかと思うと、軽く歯を立てる。そこから甘い刺激が広がっていって、体がビクビクと震えてしまう。

私が再びいなくなることを恐れているんだと分かって、大丈夫だと言って彼を抱き締めてあげたいのに、口から出たのは嬌声だけだった。

「ふぁっ……んんぅ、ま、待って……！」

「可愛い。ミーナって耳も弱いよね」

「やぁっ」

吐息を吹きかけられると、ゾクゾクしてしまう。それを分かっているのか、彼は息を吹きかけるようにして耳の中に舌を差し込んできた。中を舐められる感覚と淫らな水音が鼓膜を揺らす感覚。その両方が、さらに私から言葉を奪っていく。思考が甘く濁って、彼にしがみつくことしかできない。すると、彼の手が私の胸に触れ、優しく撫でて揉みしだかれる。

「はぅ、っぁ……テ、テオさっ……！」

テオさんは私の耳を蹂躙《じゅうりん》しながら、すでにぷっくりと立ち上がっている胸の先端を指で転がした。弱いところを同時に愛撫されて、下腹部がずくりと疼《うず》く。

彼を少しでも安心させたくて手を伸ばし頭を撫でると、彼の舌が私の耳から離れた。その隙に、なんとか言葉を絞り出す。

「テオさん……、だいじょう、ぶ、です。私、もう……絶対に、離れないから」

「ミーナ」

一瞬泣きそうな顔をした彼の頬に手を添えて微笑むと、彼がとても嬉しそうに笑った。そんな彼を自分の胸の中に抱き込んで、よしよしと頭を撫でる。

「これからはずっと一緒です。次、何か不安や疑問に思うことがあったら、ちゃんとテオさんに相談します。本当にごめんなさっ……ひゃあんっ」

話している途中なのに、テオさんが突然胸の先端を口に含み、吸い上げる。

「ミーナ、可愛い……！」

まともに話せなくなった私を見て笑う彼の表情が、とても楽しそうだ。

「やぁっ、まだ話してるのにっ……！」

「ありがとう、ミーナ。嬉しいよ。ミーナを信用していないわけじゃないんだ。でも、ちょっと弱気になっちゃっていたかも」

そう言いながら、先ほどまで口に含んでいたほうの先端を指で捏《こ》ねる。唾液で濡れたそこを弄《いじ》られると、気持ち良くてたまらない。テオさんは反対も同じように口に含んで、舌で扱《しご》くように吸う。手と口で両方の胸の先端を愛撫されると、ゾクゾクしたものが背筋を走り抜けて体が仰《の》け反《ぞ》った。

「んんっ、あ、ああっ……！」

彼の熱い舌が私の胸を這《は》って、また吸いつく。吸われながらクリクリと舌先で弄《いじ》られると、脚の間を愛液がつたってシーツを濡らしたのが分かった。

あ……私、もう濡れてる……

久しぶりなせいか。それともテオさんと触れ合えることが嬉しいのか、私のそこは充分なくらい潤《うるお》っていた。そのことに気がつくと、カァッと体温が上がる。恥ずかしさから脚をピタッと閉じると、テオさんの唇が弧《こ》を描いた。

「ミーナ、ここも触っていい？」

そう問いかけながら胸を揉んでいた手を滑らかにすべらせ、テオさんが内股の際どいところを撫でる。そして、花弁を割り開くようにツーッと指でなぞった。

「ひうっ！」

「ああ、もう濡れているね」

わざわざ言葉にされると、すごく恥ずかしい。

羞恥から真っ赤になった顔を手で覆い隠す。

「ああ、綺麗だ……」

でも、テオさんの感嘆の声が聞こえて、指の隙間から覗いてみた。彼は私の脚の間に陣取り、そこをじっと見つめて楽しそうに笑っている。慌てて手を伸ばして、隠した。

「やっ、やだ、見ないでください」

「どうして？　すごく綺麗だよ」

「でも、恥ずかしいんです」

「隠さないで、ちゃんと見せて」

「はうっ！」

手をどけられて、ぴんっと敏感な花芽を弾《はじ》かれる。腰が浮いてしまうと、その隙をついて脚に手を巻きつけて固定された。大きく開かされ、花芽にチュッと吸いつかれて体が震える。

「ひあぁぁっ……！」

体がビクビクと跳ね、自然に腰を引いてしまうと、テオさんにグッと引き寄せられる。尖らせた舌先でくにくにと弄《いじ》られて、彼の舌が触れたところから熱が広がっていった。

やだ、こんなの……すぐ我慢できなくなっちゃう。

「ふぁ、あっ……」

体の奥からとろりと滲《にじ》み出てくるのが分かる。

テオさんの髪を掴《つか》んで腰をくねらせると、蜜口に彼の指が入ってきた。その途端、思わず体に力が入る。それが分かったのか、彼は上体を起こして、私のお腹をそっと撫でてキスをしてくれた。

「大丈夫だよ。ゆっくりするから、痛かったら言ってね」

「は、はい、っんぅ」

テオさんはまた花芽を舐めながら、ゆっくりと指を沈めていった。優しく丁寧な動きで隘路《あいろ》を進みながら、内壁《ないへき》を擦《こす》り上げる。

彼に指を出し挿《い》れされて、花芽を吸い上げられると、快感が電流のように駆け抜けて全身が熱くなっていく。感じるところを的確に擦《こす》られて、力が全然入らない。

「あっ、あっ、ゃ、やだっ、気持ちいっ」

「それは良かった」

「ぁうっ……！」

クスッと笑う声が聞こえたと思うと、指が二本に増やされた。私は甲高い声を上げて、目を見開いた。

やっ、もう無理。きちゃう……

中も外も同時に責められると、ブワッと汗が噴き出してくる。中が自分から彼の指に吸いつくように、蠕動《ぜんどう》した。到底我慢なんてできなくて、彼の髪を掴《つか》んで縋《すが》る。

「あぁぁぁっ!!」

彼が大きく指を動かした瞬間、腰が大きく跳ねて視界が白く染まる。脱力しているはずなのに、私の中は彼の指をきゅうきゅう締めつけて離さない。

「すごいね。指が食いちぎられそうだ」

彼はそう独り言《ご》ちたあと、私の唇に優しくキスを落とした。

「上手にイケたね。でも久しぶりだし、もう少し慣らそうか」

「ふぁあっ、あっ」

低い声音で甘く囁かれて、彼の指がまた中を掻《か》き回す。体の奥からとろみを帯びた蜜があふれて、柔らかくほぐれていく。全身をビクビク震わせながら、縋《すが》るように両手を伸ばすとギュッと抱きしめて、またキスをくれる。

「可愛い」

彼はそう言いながら、何度も優しいキスを繰り返す。

でも下のほうでは挑発的だ。さっきよりも少し早く出し挿《い》れされ、恥骨のあたりを押し上げられる。内壁《ないへき》を引っ掻《か》くように引き抜かれ、また入ってくる。

「ああっ、やぁ……ひぁあ」

キスをされながら、中を掻《か》き回されるのが気持ち良くてたまらない。つけ根から舌先までツーッと舐《ねぶ》られ、吸われるたびに、彼の指を呑み込んでいる蜜口が彼の指を奥へと誘う気がする。その時、彼の親指が花芽を押し潰した。

「ひゃんっ」

突然の強い快感に目の奥がチカチカする。足先までピンッと力が入って、体が法悦の波に呑み込まれた。

あ……私、また……

二度目の絶頂に放心していると、ずるりと指が引き抜かれ、重なり合っていた唇が離れていく。

「ミーナ、大丈夫かい？　今日はもう休む？」

テオさんの気遣う声と共に、布団が掛けられる。それがなぜか寂しくて、私は小さく首を横に振った。シーツの上に投げ出していた手を伸ばすと、その手を握ってくれる。

「嫌です。最後までして……」

快感にとろけた目で彼を見つめると、少し困ったような、でも熱のこもった眼差しで私を見てくれる。男としての欲望を孕《はら》んだ瞳に、期待で体がぞくりと震えた。

「いいの？　体、つらくないかい？」

「つ、つらくなんて、ありません。すごく、気持ち良いの」

掛けられた布団を捲《まく》って、彼の前にすべてをさらけ出す。すると、ゆっくりと唇が重なり、脚の間に熱くて硬いものが充てがわれた。

「ミーナ、少しでもお腹に違和感を感じたら言うんだよ」

唇を合わせたままそう言われて頷《うなず》く。その途端、彼が私の中に入ってきた。

「――っ！」

久しぶりの彼の熱に目を見開く。彼は浅く出し挿《い》れしながら、腰を揺すった。

あ、テオさんが中に入ってくる。嬉しい……

私は体を震わせながら、彼にしがみついた。

「あ……テ、テオさっ、ん……んぅ、んん」

「久しぶりのミーナの中、たまらないよ。すごく気持ち良い……」

「わ、私もっ」

彼と一つになれた喜びで、多幸感が私を包む。

7

「これなんてどうかな？」

「あら、ダメよ。まだ性別が分からないんだから、どちらでも大丈夫なものを選ばなきゃ」

「それなら両方買うのもありだと思うんだ」

「まあそうね。あなたたちを見ていると、すぐに二人目ができそうだし」

……ふ、二人目⁉

二人の会話を聞いていると、昨日の彼との夜を思い出して顔に熱が集まってくる。

今日はテオさんとのことを報告するために、テオさんのお家に夏帆を招いた。色々話し終えると、二人がベビー用品を選びたいと言い出したので、現在買い物中だ。二人の勢いに少し疲れはしたが、私一人だったら何を買っていいか迷って選べなかったと思う。だから、皆と出産準備品を選べたのは正直かなり助かった。

色々なメーカーから出されている似たような商品を見ながら苦笑いをして、一歩離れたところから二人を見守る。隣ではレナートさんが、テオさんの代わりに私を守るように側にいてくれている。

夏帆は……昨日の一件を聞いて心から私の無事を喜んでくれ、「仕事が終わるのを待っていれば良かった。ごめんね」と泣いてくれた。そんな彼女の涙を見ていると、私も泣けてきて、しばらく二人で抱き合って泣いてしまった。それに、そのことがきっかけで私とテオさんが再会でき、うまくいったことに対しても自分のことのように喜んでくれた。

妊娠を隠していたこともそうだ。水臭いと言われるかなと思ったけど、彼女は手放しで喜んで祝福してくれた。きっと私の性格や事情を慮《おもんぱか》ってくれたのだと思う。

今だって、私とお腹の子のためにいっぱい考えて選んでくれている。とても優しい親友だ。ああでもない、こうでもないと、真剣に選ぶ二人を見ていると、胸がじんわりと温かくなってくる。

私ったら、幸せ者ね。

「ミーナちゃん。テオから、しばらく日本で仕事するつもりだって聞いた？」

不意に話しかけられて顔を上げると、レナートさんが少し困ったような顔をしていた。そして、「ミーナちゃんはどうしたい？」と問いかけられる。

彼の拠点はイタリアだ。

いくら日本や世界に事業展開をしているからといって、そんな簡単に仕事の拠点は移せないだろう。ただでさえ出産は時間がかかるんだし、産まれるまで日本にいるなんてできないわよね。十月十日——いえ、産後の体や産まれたばかりの赤ちゃんのことを考えるともっとだろう。

その無茶を私のために通そうとしてくれているテオさんには感謝するが、それではいけないと思う。

私はレナートさんに向き合って、自分の気持ちを少しずつ言葉にしていった。

「私はテオさんのプロポーズを、好きという気持ちだけで受けたんじゃありません。彼と結婚するということは、生まれ育った国、そして家族や友人と離れるということだと、ちゃんと分かっています。でも、それでも私は……テオさんと一緒にいたいと思ったから、プロポーズを受けました。それに私は、テオさんの仕事の邪魔になるようなことは絶対にしたくありません。だから、今夜ちゃんと話そうと思っています」

昨日は色々あったし、妊娠の報告をするだけでいっぱいいっぱいだったから、今後のことについては彼の考えを聞いただけで、自分の気持ちを話せていない。

私の気持ちを聞いたレナートさんは、安堵の表情を浮かべた。

「そっか、ミーナちゃんがそう言ってくれて助かるよ。テオはミーナちゃんのことになると周りが見えないとこがあるから、困っていたんだ。君がしっかり者で助かるよ」

レナートさんは大きな溜息を吐き、壁に凭《もた》れかかる。表情からは、かなりの気苦労が窺《うかが》えた。

秘書である以前にお友達同士だから、きっと甘えちゃうんだと思う。

「私が一度離れてしまっているので、無茶をしてでも私に寄り添おうとしてくれているんだと思います。ごめんなさい。でも私は——なんとなくですがテオさんはゆっくり時間をかけて私の意識を変えてから、イタリアに連れて行こうと考えているのかなと……」

きっと日本を離れる覚悟ができるのを待つつもりなのだ。だから私が焦らないように期限を決めないでくれているのだと思う。だからこそ、もう覚悟はできてますってちゃんと伝えなきゃ。

私がそう言うと、レナートさんが驚いた顔をした。そして頭を下げる。彼の突然の行動にギョッとしてしまった。

「レナートさん？」

「本当に申し訳なかった。ミーナちゃんが新聞のことで誤解をしているのは分かっていたんだ。本当ならもっと早くテオを行かせて、君の心配を取り除いてあげられれば良かったんだけど……。どこかで所詮旅先での恋だと思っていたんだ。いずれ終わる恋に振り回されて、奴に仕事を疎《おろそ》かにはさせられないと思って俺は……」

「謝らないでください。それは当然のことだと思います」

レナートさんは私に深々と頭を下げながら、こんなことならもっと早く誤解を解かせてやれば良かったと言った。その後悔の滲《にじ》む声に、大きく首を横に振る。

「テオの立場的に婚約者がいても不思議じゃないし、君たちは出会って間もない。テオの言葉が足りないせいで、勘違いしてしまうのは無理もないかなと思っていた。そもそも、君の部屋にあの新聞を届けさせるつもりではなかったんだ。が、なぜか紛れてしまった。完全にこちら側の不手際だ。辛い思いをさせて、本当に申し訳なかった」

「いいえ。私は大丈夫なので、謝らないでください。それに悪いのは私もです。ちゃんと話を聞けば良かったのに」

「ありがとう、これからもテオをよろしく頼む」

彼は頭を上げて、そう言って微笑んでくれた。

だから彼はあの時に、私が心配してるようなことはないと言ってくれたのね。テオさんは気づいていなかったけど、レナートさんは私がテオさんから逃げた理由に勘づいていたんだ。

こうやってレナートさんと二人で話せて良かった。彼のお友達に認めてもらえた気がして、すごく嬉しい。

「よし！　じゃあ、そろそろ買い物を切り上げさせて、二人を回収するか」

「はい」

そのあとは、放っておいたら永遠に買い物し続けそうな二人を引きずって、少し遅い昼食を摂り帰宅した。

「ミーナ、お疲れ様。疲れただろう？　今、ノンカフェインのミルクティーを淹《い》れるから待ってて」

「疲れているのはテオさんのほうだと思います。夏帆と一緒になって、いっぱい買っちゃうんだもの」

「だって、どれも可愛くて選べなかったんだ。ああ、お腹の子が女の子だったら、今から心配だな。絶対にミーナに似て可愛い子になるだろうし。変な男に誑《たぶら》かされないように気をつけないと」

「気が早すぎます……」

「そうかな？」

呆れた声を出すと、彼が頭を掻《か》きながら笑う。そしてミルクティーを淹《い》れて、渡してくれた。私が受け取ると、彼はテーブルに自分のコーヒーを置いて、私のお腹をさすった。

「可愛い、ジョイア。君は疲れていないかい？」

「それより、いっぱい玩具《おもちゃ》や洋服を買ってもらえて喜んでいるかも」

「早く玩具《おもちゃ》で遊びたくて焦らせたら困るな。ジョイア、ママのお腹の中で焦らずゆっくり育つんだよ」

お腹の子に語りかけるテオさんの言葉に、つい顔が綻《ほころ》ぶ。

赤ちゃんや小さな子供は喜びそのものであると考え、イタリアではジョイア――喜びと呼ぶらしい。他には宝物《テゾーロ》や愛《アモーレ》などと呼ぶこともあるので、好きな呼び方で声をかけてあげてとテオさんに言われた。

ストレートな表現だなと最初は驚いたが、別に特別大袈裟でもないらしく、一般的らしい。大切なものを大切だと常に言葉にして伝えることができるなんて、とても素敵だ。見習いたいので、私も『ジョイア』と呼ぶことにしている。

それに、お腹の子に語りかける時にも名前は必要だものね。

「そうだ、ミーナ。体調が良ければ、明日にでもイタリア大使館に行かないかい？」

「はい、明日行きましょう」

彼の言葉にコクンと頷《うなず》く。

国際結婚の場合は、『日本での手続き』に加えて『イタリアでの手続き』が必要だと、レナートさんが今後の手続きについて事細かに教えてくれた。

「結婚の手続きが無事に終わったら、イタリアにあるテオさんのお家に連れて行ってください。イタリアでの病院選びとか、やることが山積みなので早くしないと」

「ミーナ」

テオさんが私の言葉に目を見開く。

私たちはレナートさんに言われたとおりに、今後についてたくさん話し合った。でも彼は妊娠初期の長時間移動については体に負担をかけてしまうからと譲ってくれなかった。なので、安定期に入る頃にイタリアのトリエステに引っ越すことを決めた。

お仕事の邪魔をしたくないから、海外への出張があった場合はちゃんと留守番させてほしいということ。私のことを考えすぎて仕事をセーブしてレナートさんを困らせないでほしいということも、ちゃんと話し合って約束をしてもらう。基本的にテオさんは私の願いを叶えようと動いてくれる。だから、ちゃんと話せば聞き入れてくれる。

テオさんは本当に優しい人。この人となら絶対に大丈夫だ。これからはどんなことも二人で向き合って乗り越えていく。もう逃げたりしない。

これから彼と共に歩んでいく未来を想像して、私はふふふと笑った。言葉にできないくらいの幸せを実感して、胸がいっぱいだ。この幸せな気持ちを伝えたくて、そっと目を閉じて彼の頬にキスをする。彼も嬉しそうに笑って唇にキスを返してくれる。

「近いうちにミーナのご両親に、妊娠の報告も兼ねて挨拶に行こう。大切なお嬢さんを結婚前に妊娠させせちゃったから、それについても謝らなきゃね。土下座すればいいかな」

「ふふっ、土下座は大袈裟ですよ」

「でも……。ミーナのパパの気持ちになったら、殴られても仕方ないことをした自覚はあるんだよね」

そう言いながら、私を膝に乗せて首筋に顔を埋《うず》めてきた彼が可愛らしくて、思わず頬が緩む。

私は彼の髪を撫でながらずっと言おうと思っていたお願いをする。

「あと、テオさんのご両親にも挨拶させてくださいね。ご家族を紹介してほしいな」

「それはもちろんだよ。うちの親は、めちゃくちゃ喜んで大歓迎するんじゃないかな」

「嬉しい。ありがとうございます、テオさん」

「君もジョイアも絶対に幸せにする。もう絶対に不安になんてさせないと誓う。三人で幸せになろう」

「はい」

彼の言葉に涙があふれてくる。彼は私の頬に流れる涙を拭《ぬぐ》って、またキスをしてくれた。その重なった唇の温かさと心地良さに、私の涙は止まるところを知らない。

ああ、幸せだ。

愛してると伝えたら、その想いを返してもらえる。寄り添うことができる。奇跡だと思う。

この人と一緒にいることが私の幸せなんだと、自信を持って言える。確信が持てる。

唇が離れてまた重なった。

これから先の――幸せな未来を誓うようなキスに神様に感謝をせずにはいられない。

＊＊＊

「変じゃないかな？」

「テオさんは何を着てもとても素敵ですよ」

ライトグレーのスーツに身を包みながら鏡を睨《にら》みつけていると、ミーナが満面の笑みで褒めてくれる。その笑顔を見て、ホッと胸を撫で下ろした。

ミーナと再会して二週間。今日はミーナの両親に結婚の挨拶に行く。愛する彼女をこの世に生み出してくれた親御さんに会えるのは嬉しいことだが、如何《いかん》せん緊張して胃が痛い。

はぁ、僕としたことが。仕事ではこうならないのに、愛する人の両親と会うというだけで、この上なく緊張してしまう。

思っていた以上に弱い自分に嘆息《たんそく》して、僕はクローゼットの内側についた姿見を見ながら胃のあたりをさすった。華やかで貫禄のある正統派のブリティッシュスタイルのスーツが、エレガントさを引き立ててくれている。

ミーナは僕がいつも着ているイタリアンスタイルのほうが好きだと言ったが、柔らかで中性的な華やかさがあるイタリアのスーツとは違い、イギリスのスーツは堂々としたディテールだ。打ち込みのしっかりとした固めの生地に、固い馬の毛を使った毛芯《けしん》。親御さんへの挨拶には、こちらのほうが最適だろう。だけど不安だ。何かが足りない気がしてしまう。

「んー、これかな。スーツがライトグレーなので、ネクタイはベージュ系にすると柔らかな雰囲気になると思うんですよね」

ミーナは強張《こわば》っている僕の胸元に色々なデザインのネクタイを当てながら、真剣な面持ちで選んでくれている。彼女の可愛い顔を見ながら、僕は笑顔で頷《うなず》いた。

僕とは違い、早々に準備を終えたミーナは先程から僕の準備を手伝ってくれている。

ミラノで僕が贈った白いシャツ風ワンピースに濃紺のカーディガン姿の可愛いミーナに甘えるようにすり寄った。

「ミーナ、心配だよ。ご両親に認めてもらえるかな」

「もう、テオさんったら。そんなに緊張しなくても大丈夫ですよ。今日のテオさんも飛びきり素敵なんだから自信持ってください。両親は絶対に歓迎してくれますから」

「そうかな？　僕としては完璧な状態で挨拶に行きたいんだ。何か失敗をして、万が一にもご両親に嫌われるなどあってはならない。だから、何か足りないところがあったら教えてほしい」

「足りないところなんてありませんよ」

大丈夫大丈夫と笑いながら、彼女は胃のあたりを押さえる僕の背中を励ますようにポンポンとさすってくれる。

ミーナの両親に、もしも結婚を許さないと言われたらどうしよう。それでなくとも結婚前からミーナを妊娠させてしまっている。妊娠は喜ばしいことではあるが、親の身になって考えればやはり許し難《がた》いだろう。

ちゃんと謝ろう。そして必ず幸せにすると誓おう。絶対に後悔はさせない。

「誰にも負けないくらいミーナを愛している。だから、もし反対されても許してもらえるまで何度でも通うよ」

「ありがとうございます。でも絶対に大丈夫ですよ」

力強く抱き締めると、ミーナがクスクス笑いながら抱きついてくれる。

実際のところ、緊張している場合ではないのだ。ミーナの両親は、この結婚でミーナが——生まれ育った国や家族や友人と離れることを不安に思っているはずだ。それに、これから慣れない土地で出産や子育てをしなければならないミーナを思うと心配でたまらないだろう。その不安を取り除き、僕にならミーナを任せてもいいと思ってもらわなければならない。挨拶一つでガチガチに緊張している男に大切な娘を安心して任せられないだろう。

しっかりしなければ！

「ミーナのご両親に認めてもらえるよう僕も頑張るから、ミーナも少し頑張ってほしいな。これからは敬語はなしにしようか」

「あ！　う、うん。頑張るわ……！」

僕の言葉に頷《うなず》く彼女の頬がうっすらと赤く染まった。そんな可愛らしい彼女を見ているだけで、胸の中に温かいものが広がっていく。

僕は赤らんだ彼女の頬に手を添え、キスをした。

＊＊＊

「いらっしゃい！　よく来たわねぇ」

高級車で来るのはやめてほしいというミーナの母親のたっての願いで、ミーナと手を繋いで電車に乗り、彼女の家に向かった。駅から十分ほど歩いたところで、ミーナの母が手を振りながら、駆け寄ってきてくれる。

僕は彼女の母の笑顔に安堵の息を吐いた。

「初めまして、テオフィロ・ミネルヴィーノと申します」

ミーナの横で挨拶をし名刺を渡す。彼女の母親はミーナによく似た屈託のない笑顔を向けてくれた。

「ママ。これ、お土産。ローマの超人気店のティラミスらしいよ」

「あら、ありがとう。本場のティラミスなんて食べるの初めてだから嬉しいわ」

彼女の母がお土産を受け取りながら嬉しそうに笑う。

その笑顔を見られただけでもローマからチャーター便を飛ばさせた甲斐があったというものだ。

にこやかに談笑しながら玄関をくぐると、ガタイのいい中年男性が現れた。白髪混じりではあるが、まだまだ現役そうなくらい筋肉質で体格がいい。とても強そうなその姿を見て、一瞬怯《ひる》んでしまったが、すぐに気を取り直して頭を下げると、彼は「よく来た」と小さく呟《つぶや》いて、中に入っていった。

「パパ、ただいま～」

外見の印象と寡黙《かもく》さが相まって少し怖い雰囲気ではあるが、ミーナがふにゃっと笑いながら話しかけると彼の目が優しげに細まった。その姿にほっこりしながら、ミーナに続いてリビングに入ろうとすると、今度はミーナの母がコソッと耳打ちをしてくる。

「お父さんったら、美奈がミネルヴィーノさんを連れて来るって聞いてからずっと楽しみにしていたんですよ。もともと愛想は良くないけど、緊張するともっと愛想が悪くなっちゃうの。気にしないでくださいね」

「いえ、歓迎していただけているようで良かったです」

「ただね、昔気質《むかしかたぎ》で少し頭が硬いのよ。スピード結婚はさすがにまずいかなって思って、つい美奈とミネルヴィーノさんが一年くらい付き合ってるって嘘ついちゃったんです。うふふ、嘘も方便ってやつね」

コロコロと笑いながら話合わせてねと言うミーナの母にお礼を言って、リビングに入る。ソファーに座るように促されたが、僕は床に座りそのまま頭を下げた。

「え？　テオさん？」

急に土下座をした僕に驚いたのだろう。ミーナがギョッとしている。

「ご挨拶に伺うのが遅くなり申し訳ございません。その上、大切な娘さんを結婚前に妊娠させることになり申し訳ございませんでした。順番は逆になってしまいましたが、必ず美奈さんを幸せにするので、お嬢さんと結婚させてください！」

「……」

しばらく沈黙が流れる。頭を下げたまま、ミーナの父の言葉を待っていると、小さな溜息が聞こえた。

「なぜ、謝るんだ？」

「え？」

「君は美奈を幸せにしてくれるつもりなんだろう？　決して軽い気持ちで俺の娘に手を出したわけじゃないんだろう？」

「もちろんです！」

「ならそんなに畏《かしこ》まらないでいい。結婚と出産、祝いごとが重なるんだ。謝る必要もない。俺としては美奈と子供がこの先ずっと笑顔で過ごせるなら、多少順番が変わるくらいは気にせん」

ミーナの父の言葉に胸が熱くなる。涙ぐむミーナを見ながら、結婚の許しと祝福を得た喜びで思わず僕もウルッとしてしまう。すると、ミーナの母が肩をポンと叩いた。

「そうそう。だから、頭を上げてくださいな。イタリアに行っちゃうのは寂しいけど、今は顔を見ながら電話だってできるし、飛行機に乗れば会いに行けるもの。だから、そんな顔をしなくても大丈夫ですよ」

「ありがとうございます」

ミーナが幸せならそれでいいと言い切る二人を前にして、僕は何度も頭を下げた。

何発か殴られる覚悟で来たので拍子抜けしてしまったが、彼女の天真爛漫《てんしんらんまん》さは母親譲りなのだろうなと、屈託なく笑う二人を見てそう思った。僕がソファーに座り直すと、ミーナの父がテーブルの上に日本酒が入った大きな瓶をドンと置く。

「美奈は俺の宝だ。そして腹の子も宝だ。絶対に大切にしてやってほしい。その心意気を示すためにも飲もう」

「ちょっと、心意気って何よ。ただ飲みたいだけでしょ」

「電車で来たんだから少しくらい大丈夫だろ」

「一升瓶は少しじゃないわよ！　いちいちパパに付き合っていたら潰されちゃうから、テオさんも断って！」

酒の瓶を取り上げながら呆れるミーナの背中をさすると、僕まで睨《にら》まれてしまう。

多少の酒くらいで酔い潰れたりはしないんだが……

「やだ、お父さんったら。せっかくお土産にティラミスをもらったのに、日本酒じゃ合わないわ」

「ん？　なら、ワインにするか？　確か貰いもののワインがあったな」

「だからお酒はダメだってば！」

声を荒らげて父親を睨《にら》みつけるミーナの姿についつい笑ってしまう。

こんなにも素の彼女を見られるなら、何度でも来たいな。いつかは僕にももっと自然体で接してほしい。

気がつくと今朝あった緊張は跡形もなく消え去っていた。

「ねぇ、ミネルヴィーノさん」

「はい」

二人のやり取りを見ながら笑っていると、ミーナの母が深々と頭を下げた。

「不束《ふつつか》な娘ですが、どうぞ末永くよろしくお願いしますね。そしてたまには孫を連れて帰ってきてくださいね」

「ええ、もちろんです」

そう返事をすると、ミーナの母が微笑んでくれる。

愛する人が同じ強さで自分を愛してくれ、その人の家族に認めてもらえる。これ以上の幸せはない。


「大丈夫？　付き合わせちゃってごめんなさい」

夜、自宅に帰ってくるなりリビングのソファーに体を預けると、ミーナが僕が脱いだジャケットをハンガーにかけながら心配そうに声をかけてくれる。

「大丈夫だよ。でもミーナのパパ、すごくお酒が強いんだね。あんなに飲んだのに全然顔色が変わらないから、僕もついつい飲みすぎちゃったよ」

「次からは無理して付き合わなくていいからね」

酒には強いつもりだったが、ミーナが途中で止めてくれなかったら、確実に酔い潰れていただろう。

苦笑しながら、ネクタイを外して首元を緩めると、ミーナが困った顔で水を渡してくれる。その水を飲むと、彼女が隣にちょこんと座ってきたので、腰に手を回し抱き寄せた。

「無理なんてしてないよ。ミーナのご両親と一緒に飲めるのは僕としても嬉しいんだ」

甘えるようにすり寄ると、ミーナが頭を撫でてくれる。顔を上げてミーナの頬にキスをしてから、お腹にもキスを落とすと、ミーナがくすぐったそうに笑った。

「きっとジョイアも、祖父《ノンノ》と祖母《ノンナ》に会えて喜んでいるよ。ミーナは里帰り出産はしないって言うから、ジョイアが産まれる時はご両親をトリエステに呼んで会ってもらおうね」

「ありがとうございます。でも、日本で結婚式をさせてもらうのに、出産まで日本というのはさすがに申し訳ないかなって。ただでさえ、テオさんはものすごく忙しいのに、これ以上負担にはなりたくないんです……」

敬語をやめようと頑張っているが、つい混ざってしまうミーナの話し方を好ましく思いながら、僕は彼女のお腹にすり寄った。

ミーナの気を遣う癖も直さないとな。

「ミーナ、負担なんて絶対にない。僕の仕事のことは気にしなくて大丈夫だよ。優秀な秘書がいるからね」

「レナートさんに怒られますよ」

「……それに、イタリアでは妻の故郷で結婚式を挙げることが多い。だから、日本で挙げるのはごく自然なことなんだよ」

数日前にレナートが持ってきた結婚式場のパンフレットをミーナに渡すと、ミーナがコクンと頷《うなず》いた。一緒にパンフレットを開くと、イタリアの教会をモチーフに造られた正統派のチャペルが目に飛び込んでくる。それを見ながら小さく息を吐いた。

僕としては、ミーナにイタリアでの結婚式は薦められない。僕はそんなに熱心なほうではないが、家の宗教上の兼ね合いなどで、どうしても教会で行うことになる。そうなれば、結婚式は格式張ってしまうし、披露宴は夜まで飲めや歌えの大騒ぎで、場合によっては日を跨《また》ぐ。妊娠しているミーナには負担にしかならない。

それなら日本で、ミーナの好きなようにプランを組んで式を挙げたほうが絶対にいい。

「日本での結婚式ならミーナのママやカホに相談して色々決められるよ。僕が仕事でいない時はウェディングドレス選びに付き添ってもらえるし。カホ、張り切ってたよ」

「それはありがたいんだけど……。でも何から何まで甘えちゃって申し訳ないなって」

「そんなことを思う必要はないよ。ミーナはジョイアと一緒にストレスがないように過ごすのが仕事だから、気を遣っちゃダメなんだよ」

僕がそう言うと、ミーナがコクンと頷《うなず》く。懸念がなくなったからか、ミーナはとても楽しそうにパンフレットのページを捲《めく》った。

そのパンフレットの中に、我が社のチャペルがないのが残念だよ。こんなことなら日本にあるどちらかのホテルに、独立型チャペルを建設しておけば良かった。

近いうちに議題に上げてみようかな。僕たちの結婚式には間に合わないけど、ジョイアが結婚する時に必要になるかもしれないし。

途方もないくらい気の早いことを考えながら、パンフレットを見ているミーナのお腹をさすっていると、ミーナが顔を上げた。

「そういえば、これ全部同じ会社の式場ですね。この片岡《かたおか》グループって会社、私でも知ってます。とても有名なホテルチェーンですよね」

「うん。そこ、友人がやっているところなんだ。片岡グループなら間違いないから、できればそこから選んでほしいな」

うちは基本的に富裕層を相手にしたラグジュアリーやハイエンドホテルが中心だが、片岡グループはビジネスから観光、リーズナブルな価格帯のものからラグジュアリーホテルまで幅広く展開している。そして日本の企業なので、当然ながらこの国におけるシェア数もトップクラスだ。

その上、ブライダル事業も強い。今回、日本の結婚式について学ばせてほしいという打算もあり、友人である片岡宗雅《かたおかむねむさ》に連絡を取ったのだ。

「テオさんはどんな結婚式にしたいとかありますか？　チャペルはどんなのがいいですか？　やっぱりイタリアの教会をモチーフにしたところ？」

「特にこだわりはないけど、ステンドグラスが綺麗なここが好きかな。ミラノでミーナと見たステンドグラスを思い出すからね。それから、ここの天使のフレスコ画もこれからの僕たちを優しく見守ってくれるようでいいと思う。あとは――都内ではないけど、友人が結婚式を挙げた全方位ガラス張りのチャペルは、とても美しく素晴らしかったよ」

「全方位ガラス張り？」

目を輝かせているミーナの前で、その式場のパンフレットを開く。すると、ミーナが食い入るように見つめた。

ホテルの建物内から少し離れたところにあるチャペルは潮風を感じるくらい海にも近い。室内にいながら、青くきらめく空と海が一望できる絶好のロケーションだ。良いデザイナーと建築士を抱えているなと嫉妬してしまうほどに、美しい式場だった。

「明日、見学に行かないかい？　その時に色々話を聞いてみるといい」

「それは楽しみですね」

顔を綻《ほころ》ばせて満面の笑みを浮かべたミーナが可愛くて、ギュッと抱き込む。すると、彼女が腕の中でじたばたと暴れた。

「テオさん、ダメですよ。明日見学に行くなら、ご迷惑がないようにしっかりパンフレットを読み込んでおかないと」

そう言って、僕じゃなくパンフレットに目を向けるミーナの頬をつつく。が、集中しているようなので、僕は一つ息を吐き、立ち上がった。

ミーナが好きなルイボスティーでも淹《い》れようかな。

＊＊＊

「じゃあ行こうか」

「はい」

テオさんのエスコートで車を降り、ゴクリと息を呑む。

かつて旅行した時にお世話になったことがある片岡グループ。まさかそこの副社長と会う日がくるだなんて。本当に人生とは何が起きるか分からないものだ。

私は浮き立つような気持ちで地上四十七階、七百室の客室を有する超高層ホテルを見上げた。今回見学させてもらえるチャペルはもちろんのこと、各種レストランにバー。宿泊者専用ラウンジに、ミーティングルームや宴会ホール。その上、商業施設が隣接している。

テオさんのトリエステホテルとは違い、片岡グループのホテルはどこもそんな印象だ。ビジネスからレジャーと――どのロケーションにも最適で、庶民の私でも利用しやすい。

「ミーナ、もしかして緊張してる？」

「う、うん。緊張はしているけど、何よりテオさんのお友達に会わせてもらえるのは嬉しいの。だから頑張るわ」

「頑張る必要はないよ。気を楽にして」

気遣わしげに声をかけてくれたテオさんに、ニコッと微笑みかけると彼が手を繋いでくれる。その手の温かさに背中を押されるようにホテルの中に入った。

踏み込むと、西洋の雰囲気を感じさせるラグジュアリーな内装が目に飛び込んでくる。

わぁ、広い……！　あ、あそこにカフェがあるわ。

私がエントランスを見回していると、テオさんがフロントに名刺を渡し声をかけた。今日はオフなので、レナートさんがいない。そのため、彼自ら用件を伝えなければならないのだ。

でも来たのがテオさんだと分かると、すぐに二十二階にあるミーティングルームへ通してくれた。中に入り、ドキドキしながらテオさんと並んで椅子に腰掛ける。落ち着かずにそわそわしている私とは違い、久しぶりに友達と会えるテオさんはとても楽しそうだ。

私も仲良くなれるといいな。

深呼吸をして背筋を正す。それと同時に、部屋にノックの音が響いた。そして、にこやかに微笑みながら一人の男性が女性を伴って部屋に入ってくる。慌てて立ち上がると、人懐っこい笑みで微笑みかけてくれた。

テオさんに負けず劣らず、爽やかで気品があり、とても端整な顔立ちをしている。連れ立っている女性も、柔らかく微笑んでいてとても美しい。大和撫子《やまとなでしこ》とは彼女のことを言うのだろうなと、ほぅっと息を吐いた。

「はじめまして！　お世話になります」

「はじめまして、ご足労いただきありがとうございます。こちらこそ、よろしくお願いいたします」

頭を下げると、その女性も頭を下げて挨拶を返してくれる。すると、テオさんとその友達がクスッと笑った。

「ミーナ。それにシズクさんも。今日は仕事じゃないんだから楽にしてほしい」

「そうだよ。そんなに畏《かしこ》まらなくていいよ」

「はい」

しずくさんと一緒にこくりと頷《うなず》き、椅子に腰掛けると、テオさんが二人を紹介してくれた。

「ムネマサと妻のシズクさんだよ。ムネマサとは、大学の時からの付き合いなんだ。シズクさんとは二人の結婚式の時以来かな。久しぶり。やっと顔を見て言えるよ。出産おめでとう。男の子なんだよね？　今日は来てないの？」

「はい。今日は実家に預けているんです」

しずくさんたちにはお子さんがいるのね。出産にあたって色々お話を聞けるといいな。

幸せそうに微笑むしずくさんを見ながらそう思っていると、宗雅さんとしずくさんが名刺を渡して挨拶をしてくれる。なので、私も一応名刺を差し出した。その時にしずくさんのお腹が目に入って、ハッとする。

「あれ？　もしかして、しずくさんも妊娠なさっているんですか？」

「ええ。二人目を……。なので、美奈さんのご相談に乗れると思います。私でよければ何でも聞いてくださいね」

「わぁ！　おめでとうございます！　そう言っていただけると心強いです」

私がお礼を言って頭を下げると、テオさんが私の手からしずくさんの名刺をスッと抜き取った。

そしてその名刺を見ながら、ハァッと溜息を吐く。

「自分の奥さんが秘書っていいよね。仕事中も一緒にいられるなんて羨ましいよ。特に出張の時なんて最高だろうな」

「秘書と言っても、息子が産まれてからはほとんど仕事はしていないんです。たまに宗雅さんの要望で同行するくらいで」

テオさんの秘書か……。確かにちょっといいかも。

しずくさんの名刺を羨ましそうに見つめるテオさんを見ながら、秘書として側にいる自分を妄想する。

うん、いいかも。イタリア語ももっと勉強して、日本にいる間に秘書検定にチャレンジしてみようかしら。

「テオ。気持ちは分かるけど、僕は出張の時にしずくを連れて行かないよ。まだ息子も小さいし、何よりしずくは妊娠しているしね。美奈さんも妊娠中だよね？　わがまま言って困らせちゃダメだよ。困らせるのはレナートだけにしときなよ」

「もちろん分かっている。冗談だよ」

「ちょっと、宗雅さん。レナートさんを困らせるのもいけませんよ」

宗雅さんの言葉を聞いて、しずくさんがコソッと注意する。その様子がなんだかとても微笑ましくて、ほっこりしてしまう。

それにテオさんもだ。友達の前だからだろうか。自然体だ。今まで見たことがない彼の可愛い一面についつい顔が綻《ほころ》ぶ。すると、宗雅さんがコホンと咳払いをして、結婚式についての話を切り出した。

「そろそろ本題に入ろうか。電話で大まかに聞いたけど、一月下旬から二月頭あたりで良い日を選ぶということでいいんだよね？」

「ああ。その頃なら妊娠七ヵ月くらいだし、いい頃合《ころあい》かなと思うんだ」

「そうだね。一応結婚式はキリスト教式と神前式、人前式が選べるんだけど、テオはキリスト教式だよね。神父はカトリック教会から呼んだほうがいいかな？　テオなら呼べると思うよ」

神父様……！

宗雅さんの言葉にハッとする。

もし呼べるなら——テオさんと再会する前、家の近くのカトリック教会でとてもお世話になった神父様に来てほしい。あの時の出会いがあったからこそ、私は前を向けたのだ。お腹の子のために頑張ろうと強くなれたのだ。

二人の会話に割って入って、呼んでほしい神父様がいることを伝えると、宗雅さんは快諾してくれた。でもテオさんが眉を顰《ひそ》める。

「教会から神父を呼ぶと、どうしても宗教色が強くなってしまうよ。それよりもミーナの好きなようにプランを組んだほうがいいんじゃないかい？」

「でもテオさんはカトリック信者なんでしょう？　郷に入れば郷に従えだわ！　私はカトリック式で挙げたいの。ダメ？」

お願いしますと頭を下げると、テオさんが腕を組みながらしばらく考え込む。でも結局は折れてくれた。

「まあ、ミーナがやりたいようにするのが一番だよね」

「テオの許しも出たことだし、声をかけてみるよ。必ず呼べるかは分からないけど、繋がりがあるなら大丈夫だと思うよ」

「ありがとうございます」

良かった……！

神父様には泣き顔しか見せていないので、きっと心配していると思う。是非、幸せになったことを報告したい。それに、祝福をしてもらえたらとても嬉しい。

私がホッと胸を撫で下ろすと、ニコッと微笑んだしずくさんが目の前にいくつかのチャペルの資料を並べた。

「まず、今いるここのホテルのチャペルなのですが、ステンドグラスから差し込む光が美しい純白のチャペルです。とても広いので、多くのお客様を招いても問題はないかと」

私はしずくさんの言葉にコクコクと頷《うなず》いた。

テオさんの会社や取引先企業。おそらくたくさんの方々を招かねばならないだろうから、広いのは助かる。それにテオさんはステンドグラスが綺麗なところが良いと言っていた。ここにもステンドグラスがあるし、何よりマリア様が描かれている。

ここで挙げたいかも！

心を大きく揺さぶられながらまじまじと見つめていると、しずくさんが細かく説明してくれるのでメモを取る。話を聞けば聞くほど、ここで挙げたいという気持ちが強くなっていった。その隣ではテオさんがウェディングドレスのパンフレットを見ながら、宗雅さんと話している。

「安定期に入った頃に着るなら、やはりマタニティ専用ウェディングドレスだよね。お腹を綺麗に魅せるドレスか、敢《あ》えてお腹の大きさを感じさせないドレスか……色々あるんだな。ミーナはどれが似合うかな」

「僕はお腹の大きさを隠さないほうがいいと思うよ。お腹の子と一緒に式に臨むという気持ちって大切だし」

「そうだね。僕もそう思うよ。あと、カトリック式で挙げるなら教会からNGが出ないように肌があまり出ないウェディングドレス選びをしなければならないな。まあどちらにしても肌見せは僕としても好ましくないからいいんだけど」

二人は王道のデザインは外せないとか、お姫様のように豪華にしようだとか、色々盛り上がっている。その様子に耳を傾けていると、しずくさんが二人の話を遮った。

「まずは当日の体型予測をしてから、決めたほうがいいですよ。今の体型で似合うドレスと、結婚式当日の体型で似合うドレスは違うんですから」

結婚式当日の妊娠週数からつわりの状況やお腹の子の育ち具合、むくみなど、諸々のことを考えてドレスを選ばなければならないと話してくれるしずくさんから丁寧に教わり、私は目から鱗《うろこ》が落ちた。

確かに半年後くらいだとかなり体型が変わっているだろう。胎動も感じられる頃だろうから、デザイン重視よりお腹を締めつけないドレスを選びたい。それに式場やウェディングドレスの選定だけじゃない。招待客のリストアップや装花、ブーケ、会場の装飾の決定もしなきゃいけないし、ウェディングケーキや演出も考えなきゃならない。正直なところ、やることが盛りだくさんだ。

テオさんは仕事が忙しいし、ここは私が頑張らなきゃ。あと一ヵ月半で仕事も辞めるから、時間もできるし。進行具合はちゃんと共有して、着実に進めていけば大丈夫よね。

密かにやる気を漲《みなぎ》らせていると、テオさんがうーんと唸《うな》った。

「招待する方すべての宿泊が可能な日が望ましい。万が一の場合はうちに泊まってもらえばいいが、できるならムネマサのところですべて賄《まかな》えるならそれに越したことはない」

「それなら今いるこのホテルがおすすめかな。都内だとここのホテルが一番客室数が多いし、テオの望む日も空いてるよ」

「じゃあ、ここでいいんじゃないですか？　テオさんが言っていた綺麗なステンドグラスもありますし」

私がそう言ってすぐに式場が決まった。その後はしずくさんの結婚式の時の話や妊娠中の時のことを聞かせてもらいながら、チャペルや披露宴会場の見学をさせてもらった。

＊＊＊

「ねぇ、ミーナ。一緒にお風呂に入ってみようか」

帰宅後、ミーナとお風呂に入りたかった僕は早々にお風呂の準備を始めた。準備万端というところで、キッチンでコーヒーの用意をしてくれているミーナに声をかける。

ミーナはまったく予想をしていなかったのだろう。キョトンとしている。が、すぐに意味を理解して、みるみるうちに顔が真っ赤に染まっていく。

「え？　一緒に？　無理！　絶対に無理だわ。恥ずかしいもの！」

「でも、ジョイアが産まれたら一緒にお風呂に入れてあげないと。今から慣れておいたほうがいいよ」

「ジョイアも一緒に？　え、でも……」

「ジョイアも皆でお風呂に入れたほうが楽しくて喜ぶと思うな」

顔を真っ赤にして首を横に振るミーナに下心を隠して、にっこりと微笑みかける。彼女は僕がジョイアのことを出したものだから、拒否ができずに困った顔のまま固まって動かない。

何度肌を合わせても――彼女は恥ずかしがって一緒に入浴をしてくれない。そういう恥ずかしがり屋なところは愛らしいが、僕としてはもう一歩踏み込みたい。ジョイアを免罪符にするのは卑怯だと分かっているが許してほしい。

「おいで」

僕は一言そう声をかけて、リビングのドアを開けバスルームに向かった。すると、ミーナもおずおずとついてくる。

「あ、あの……やっぱり恥ずかしくて」

「恥ずかしいならバスルームの照明を少し落とそう。それにバスタオルで体を隠しておけばいい。もちろんミーナが体を洗っている時は見ないと約束するよ」

「本当？　本当に見ない？」

「うん、約束するよ」

「それなら」

ミーナがホッとした表情で頷《うなず》く。お互い背を向けて服を脱ぎ、バスタオルで体を隠す。

「私がテオさんの背中を流してもいい？」

振り返ると、彼女がそう言った。

肌を隠したバスタオルの合わせ目を押さえて、耳まで真っ赤に染めた顔で見上げてくる。そんな可愛すぎるミーナに心臓を撃ち抜かれて、すぐに返事ができなかった。

朱《しゅ》に染まった肌。潤んだ瞳。そのすべてが劣情を誘うことを、彼女はきっと分かっていないのだろう。恥ずかしがっているくせに、変なところで積極的だから困る。彼女は僕の忍耐を試しているのだろうか？

「あの、テオさん？」

「え？　あ、すまない。じゃあ、お願いしようかな」

不安げに顔を覗き込んでくるミーナに慌てて言葉を返す。

僕は小さく息を吐いてからバスルームのドアを開いて、ミーナに手を差し出した。自分から彼女の手を引いてバスルームに入るようなことはしない。余裕たっぷりの表情を作り、怖がらせないように焦らずに彼女が自らこの手を取ってくれるまで待つ。

背中を流してくれるとは言ったが、やはり恥ずかしいのだろう。ミーナはしばらく逡巡《しゅんじゅん》したあと、躊躇《ためら》いがちに僕の手に自分の手を重ねた。その手を軽く引くと、少し俯《うつむ》いてバスタオルの合わせ目を押さえながらついてきてくれる。

「で、では、バスチェアに座ってください。でも、こっちを振り向いちゃダメですよ」

「ＯＫ」

緊張しているのか敬語に戻っているミーナがすごく可愛い。顔を真っ赤にしてもじもじしている彼女に背を向けてバスチェアに座ると、ミーナがふぅっと小さく息を吐いた。

ミーナがシャワーを手に取りお湯を出す。彼女は背中を流すと言ったが髪も洗ってくれた。とても一生懸命なせいで気づいていないのだろうが、たまに当たる胸の柔らかさが何とも悩ましい。

「あ、洗いました！」

「うん、ありがとう。あとは自分で洗うから、ミーナは先にバスタブに入っておいて。体を冷やすといけないからね」

「はい」

「ミーナ。あと、敬語はなしにしようね」

「あ！　う、うん」

本当に可愛いな。

僕はクスクスと笑いながら、ぎこちなく動くミーナを見つめた。彼女は体を隠していたバスタオルを外し、かけ湯をしてから乳白色の入浴剤が入ったバスタブに入った。

本音を言えば、背中だけじゃなく全部洗ってほしいし、僕もミーナの体を洗いたい。でもそれはまだミーナにはハードルが高いかな。今は一緒にお風呂に入れただけで良しとしよう。いつかはこれが日常になって、自然と一緒にお風呂に入れるようになれれば嬉しい。それよりも今はこの触れ合いでミーナに僕を求めてほしい。

正直なところ、再会した夜に一度したきりだからそろそろ限界なのだ。だが、ミーナの気持ちを無視したくない。優しい彼女は絶対に僕を拒まないだろう。それではいけない。彼女から求めてほしいのだ。

ずるいことを考えながら手早く体を洗い終え、ザブンとバスタブの中に入った。すると、ミーナの体が分かりやすいくらい跳ねる。

「目を瞑《つむ》っておくから、ミーナもゆっくり髪と体を洗うといい」

「う、うん」

ミーナはおどおどしながらシャワーを浴びはじめた。たまにこちらをちらちらと確認している気配はするが、しばらくすると大丈夫だと判断したのだろう。髪を洗い始めた。

ここは紳士として約束を守り見るべきではないという気持ちと少しくらい大丈夫なのでは？　という邪念が混じり合う。ミーナにその気はなくとも、彼女の一挙一動は僕の心を大きく揺り動かし劣情を誘う。ミーナへの想いが深まれば深まるほどに、もっと触れたい、この腕の中に閉じ込めていたいという想いが止められなくなるのだ。

どんどん理性が脆《もろ》くなるから困るな――

目を瞑《つむ》ったまま、ミーナが立てる音に耳を傾ける。髪を洗い終えたのか、お湯の音が止まり、代わりに泡立てボールのシャカシャカした音が聞こえてきた。ほどなくして、バスルームにボディソープの甘い香りが広がる。いつものミーナの香りだ。

それにしても音や香りだけでも、意外と何をしているか分かるものなんだなと思いながら、彼女が体を洗い終えるのを待つ。が、目を瞑《つむ》っているせいか、ミーナに意識が集中してしまい、下半身に熱が集まってくるのが分かる。

良かった、にごり湯にしておいて。

僕は心の中で苦笑いをした。

＊＊＊

「はぁ～っ、今日はとても素敵だったね。一度目の見学で理想的なチャペルに出会えるなんて運命だと思うの」

なみなみとお湯が張られた広く優雅なバスタブの中で、今日のことを思い出し早口で話す。

テオさんとお風呂に入るのは初めてな上、背後からすっぽり包まれる形になっているから、とても恥ずかしくてたまらない。私は、その羞恥心を誤魔化すように話し続けた。

「チャペルに入った瞬間、荘厳なステンドグラスから柔らかな光が降り注いで、ヴァージンロードを照らしているところなんて、すごく神秘的で見惚《みと》れちゃったわ」

まるで私たちを祝福してくれているようで心が踊った。パンフレットで見るのとはまた違った印象で、自分の目で見てみることの大切さを深く実感した。

テオさんは私の話を聞きながら、纏《まと》め上げていた髪をほどく。ゆらゆらと水面に広がった私の髪をすくいあげ、手櫛《てぐし》で梳《と》かしてくれる。

「気に入ったチャペルが見つかって良かったよ。何より、ミーナが大好きな聖母マリアのステンドグラスだしね」

「うん！　行く先々でマリア様と出会えて、すごく嬉しい。本当にマリア様が――テオさんと私の再会や結婚を祝福してくれているみたい」

興奮しながらそう言うと、テオさんが私の胸の下で両手を交差させ、抱き締めてくれる。

「みたいなんじゃなくて、実際そうなんだよ。君は僕のミューズだからね。絶対に祝福してくれているよ」

「ミューズだなんてそんな……」

「だって本当のことだから」

ミューズと言われることに少し慣れたけど、やっぱり気恥ずかしい。

甘えるようにすり寄ってくる彼の頭を撫でるとテオさんが首筋にチュッと吸いつく。慌てて肩越しに振り返ると目が合った。

「それよりミーナ、結婚式の準備のことだけど。ミーナのことだから一人ですべて抱え込もうとしているだろう？　それはいけないよ。一緒に考えて決めていこうね」

「え……？　でもテオさんは毎日忙しいのに……。私はもうすぐ会社を辞めるし」

ごにょごにょと言い訳をすると、テオさんが私の体をクルッと反転させた。向かい合う形になり、彼が私の頬を包み込んで、つんと鼻の頭を合わせてくる。

「忙しいから何？　君との時間くらい作れるよ。それに、どうしても時間が作れない時は信頼できる人間にサポートを頼むようにする。だから、何でも背負い込まないでほしいんだ」

「ごめんなさい。テオさんに無理をしてほしくなくて、つい……」

「無理なんてしていないよ。だから信じて頼ってほしい。ミーナが頑張り屋さんなのは知っているけど、何でも一人で抱え込まないと約束してほしい」

「はい」

「いい子だ」

頷《うなず》くと、褒めるようにキスをされた。目を瞑《つむ》ると少しだけ舌が絡まって、唇が離れていく。そしてギュッと抱き締めてくれる。

「ねぇ。ミーナのマンションをそろそろ引き払っていいかい？」

「え？　はい、もちろんです！」

私は何度も頷《うなず》いた。

再会してからすぐにずっと一緒にいられるようにと、テオさんが私の自宅から必要な物を運んでくれた。それからはずっと彼のマンションにいる。ここから出社し、ここに帰ってくるのだ。

そのせいかすっかり忘れていた。退職の準備や結婚式だけじゃなく、イタリアに引っ越す準備も並行して進めなければならない。確かに、一人では無理かも。

「ありがとう。手配しておくよ」

「テオさん、ごめんなさい。結婚に浮かれすぎて引っ越しの準備のことをすっかり忘れちゃってました……」

「謝ることじゃないよ。引っ越しなどはこっちで全部やるから、ミーナはいるものといらないものを決めてくれればいい」

「ありがとう」

ペコリと頭を下げると、彼が柔らかく笑って頭を撫でてくれる。そして先程まで体を隠していたバスタオルを渡してくれた。

「そろそろ上がろうか？」

「うん」

体を隠してから彼の手を取り、一緒にお風呂を出る。その後はお互いの髪を乾かし合った。手を繋いでリビングに戻り、キッチンに入っていくテオさんを盗み見る。

テオさんと再会して二週間くらいが経つけど、その間にエッチをしたのは再会した日の夜くらいだ。彼は私とお腹の子を気遣ってくれているのか、一緒のベッドに眠っても一切そういうことがない。

でも今日は一緒にお風呂に入ったし、そういうつもりなのかしら？

彼に抱かれたい。身重なのにそう考えるのはいけないこと？

抱き合わなくてもくっついていられれば幸せだけど、やっぱりたまには抱いてほしい。でもそのたまにってどれくらいが普通？　適切な頻度が分からない。

恥ずかしさと罪悪感に似たようなものが入り混じって内心ジタバタしていると、突然頬に冷たいものが押し当てられた。

「ひゃあっ⁉」

驚いてビクッと体が跳ねる。冷たいものが当てられた頬を押さえながら目を瞬かせてその原因を見ると、水が入ったペットボトルを持っているテオさんが笑っていた。冷蔵庫から出したばかりのそれを頬に押し当てられたのだということが分かり、じとっとした目で彼を睨《にら》む。

「驚いたかい？」

「もう、テオさんったら。そりゃ驚くわ」

「だってミーナ。怖い顔して考え込んでるから、どうしたのかなと思って。一緒のお風呂はまだ早かった？」

怖い顔？　私は自分の顔に触れた。

そんなつもりはなかったのだが、彼と触れ合いたいと考えていたせいで、自然とそうなっていたのかもしれない。分かりやすい自分が恥ずかしくなって、私は彼から水を受け取り俯《うつむ》いた。

「そういうわけじゃないの」

「じゃあ、他に悩みごとがあるんだね。何？　さっき抱え込まずに話してって言ったよね」

テオさんが隣に座って、気遣わしげに顔を覗き込んでくる。

私は一呼吸置くために彼が渡してくれた水をグイッと飲んで、ハァッと深い息を吐いた。

ちらっとテオさんを見ると、彼はまだ心配そうにしている。その表情に何も誤魔化せなくなった私は、テーブルにペットボトルを置いて、ギュッと目を瞑《つむ》る。そして自分の唇を彼の唇に押し当てた。彼の唇は水を飲んだばかりなのか湿っていて、少し冷えていた。途端に恥ずかしくなって、慌てて彼から飛び退《の》く。でも、腰を抱かれて逃げられなかった。

「ミーナ、どうしたの？　もしかして誘ってくれてる？」

「〜〜〜っ！」

図星をつかれた瞬間、鼓動が一気に加速して、体温がブワッと上がった。

「嫌、だった？」

声が震える。消え入りそうな声で尋ねると、テオさんは一瞬驚いた顔をしたが、すぐにいつもの優しい表情で微笑んでくれた。そして、ふわっと優しく包み込んでくれる。

「嫌なわけないよ。すごく嬉しい」

そう言って笑いながら優しく私の頭を撫で、額《ひたい》に、瞼《まぶた》に、唇に――キスを落とす。頭を撫でていたテオさんの手が髪に指を差し入れるように後頭部に回った。その手にぞくっとしたものが背中を走る。それはこれから始まることへの期待だ。

「私……変なの。テオさんに抱いてほしいって思っちゃっていて……。妊娠しているのにいけないことだというのは分かっているんだけど……」

「そんなことないよ。いけないことなんて何一つない。お医者様も経過次第で問題ないって言ったんだろう？」

コクンと頷《うなず》くと、抱き締めてくれる。そしてふわっと体が浮いたかと思うと、膝の上に乗せてくれた。二人の距離がグッと近づいて、彼の瞳が情欲の色に染まる。その強い眼差しに反射的に目を逸《そ》らしてしまいそうになったが、後頭部を押さえられているのでできなかった。

「不安にさせてごめんね。本当は毎日だってミーナを抱きたいんだ。でも、歯止めが利《き》かなくなると負担をかけてしまうから、我慢していたんだ。本当はミーナと触れ合いたくてお風呂に誘ったんだよ。ずるい男でごめん」

彼が苦々しい表情で懺悔《ざんげ》をしたから、私はぶんぶんと首を横に振った。

ずるくなんてない。むしろ、同じことを考えていたことが分かって胸がいっぱいだ。

「でも恥ずかしいのを我慢して僕を誘ってくれたのはすごく嬉しかったよ。ありがとう」

「ずるくなんてないわ。テオさんが私を求めてくれるなんて幸せなことだもの」

「ありがとう、ミーナ」

困ったように笑うテオさんに胸がドクンと跳ねる。

こんなにも素敵で頼り甲斐があり尊敬のできる人が私の前では弱いところを見せてくれる。それがとても嬉しかった。彼はいつも私を甘やかしてくれる。どんな私でも愛してくれるのだ。でもそれは私もだ。私もどんなテオさんでも好き。だから今夜は私が彼を甘やかしてあげたいと思った。

ギュッと彼を抱き締めると彼も私を抱き締めてくれる。

「僕、ミーナがいないと生きていけないんだ。もう出会う前になんて戻れない。だから二度といなくならないで」

それは私のほうだ。一度は彼から逃げて一人で大丈夫なつもりでいたけど、実際はテオさんの前では弱い自分のままだ。この人の優しさと惜しみなく注いでくれる愛に包まれて、溺れてしまいそうになる。彼じゃないとダメなのだ。

「ごめんなさい。もう絶対に離れないわ。私だって……本当はテオさんがいないともう生きていけないの」

「ミーナ、ありがとう。その言葉が聞けて嬉しいよ。これからは我慢しない。ミーナにとってもジョイアにとっても負担がかからないように、抱き合う時間を増やしていこう」

そう言ったテオさんが私を見つめながらキスをしてくれる。ゆっくり口内に舌が入ってきて、上顎《あご》をなぞられた。

「んっ……あ、テオさっ……！」

そのキスを合図に目を閉じてテオさんに身を委《ゆだ》ねると、ソファーに押し倒された。私の手を握り、そっと指を絡めてくれる。恋人繋ぎで貪《むさぼ》るようにキスを交《か》わす。彼の重みや体温を感じるだけで多幸感が私を包んだ。

「ミーナ、愛してるよ」

唇を少し離して囁かれ、体に甘い刺激が走る。私は小さく頷《うなず》いて、テオさんの首に手を回した。

「いっぱい愛してください」

愛する人に抱かれたい。愛されたい。一つになりたい。

欲望に素直になり言葉にすると、甘い疼《うず》きが胸の奥から体中にじんわりと広がっていく。

宝物のように触れてくれるテオさんの優しい手の温かみにうっとりしながら目を閉じ、彼とのキスに酔いしれた。彼の舌が上顎から歯列の裏をなぞり、舌を深く搦《から》めとる。呼吸すらも奪うようなキスに体が快感に震えた。

「ふぁ、っ……ぁ、きゃあ⁉」

夢中でキスをしていると、体が急にふわりと浮いた。

……え？

突然の浮遊感に驚いて目を開けると、彼が私を抱き上げていた。そしてそのまま寝室のベッドまで運ばれる。彼は驚いている私をゆっくりとおろしながら、苦笑した。

「驚かせてすまない。ちゃんとベッドでミーナを愛したいんだ。ここのほうがゆっくり抱けるからね」

「〜〜〜っ！」

自分からねだったくせに、はっきり言葉にされると恥ずかしくて顔にボッと火がつく。私が赤面していると、テオさんが私のパジャマのボタンをゆっくりと外し全部脱がせた。ブラも取り払い甘えるように胸の先端に吸いついてくる。気持ち良さ以上に、ちゅぱっと音を立てながら胸の先端にしゃぶりついている彼が愛おしくてたまらない。よしよしと頭を撫でると、彼の目が嬉しそうに細まった。反対の胸の先端も指で弄《いじ》りながら、ますます強く吸いついてくる。

「はぅ、ふっ……ああっ、やぁっ……！」

やだ、これ気持ち良い……

彼の熱い舌と指が胸の曲線をツーッとなぞり、ツンと胸の先端をつつく。体がビクンと跳ねると、甘く噛んで舌先でぐりぐりと先端を舐《ねぶ》り、きつく摘《つま》み上げられた。

「ふぁあっ……それ、やっ……気持ち、いいのっ……あうっ」

「可愛い。ああ、余裕をなくしてしまいそうだ」

テオさんが熱《いき》り立ったものを、私の太ももに押しつけながら悩ましそうに眉根を寄せる。

すごく熱い……

その熱さに息を呑んで、思わず脚を寄せた瞬間、ショーツがするりと奪われた。

「ああ、もうびしょびしょだね」

そして彼は熱い息を吐いてそう笑う。

「～～～っ！　だ、だって……」

「だって？」

全身がカァッと熱くなる。

まだ触られていないというのに私のそこは愛液をしとどに滴《したた》らせてしまっていた。でもそれは彼を求めているからこそだ。分かっているくせに、彼は意地悪な表情で聞き返しながら蜜口の愛液をすくい、花芽に塗りつけてきた。そして薄皮を剥《む》いて円を描くように捏《こ》ねる。

「ゃあっ……は、ぁぅ、んんっ」

「ミーナ、教えて？」

耳元で吐息混じりに囁きながら敏感な部分をつんつんと指先でつついてくる。

今日の彼は意地悪だ。でもその意地悪を嫌だと思えない。それどころか彼にそうされるほどに、もっとという思いが強くなる。彼は焦らすように私の花芽を弄《いじ》りながら、耳朶《たぶ》を食《は》んだ。

「ひゃっ、あん……も、もっと……触って」

「可愛いね、ミーナ。僕に触ってほしいから、触れる前からこんなに濡らしていたのかい？」

「～～～っ！」

わざわざ確認されて、ブワッと体温が上がる。私が真っ赤な顔で口をパクパクさせると、テオさんの目がスッと細まり、唇が弧《こ》を描く。蠱惑《こわく》的に笑った彼の美しく整えられた笑みに肌が粟立《あわだ》った。

なんだかゾクゾクして身構えると、テオさんが耳の縁《ふち》に唇をつけて囁いてくる。

「ミーナのエッチ」

「テオさんは意地悪だわ、ひゃあっ！」

負けじと言い返すと花芽をぴんっと弾《はじ》かれる。ぐにぐにと捏《こ》ねられるたびに腰が跳ねた。

「やぁ、あ……待っ、それ……だめぇ、イッ、ちゃうからぁ」

「いいよ。イッて」

目をギュッと閉じて我慢しようとするが、テオさんの指が追い上げてきて、頭の中が真っ白に染まる。

「――っ！」

快感が全身を駆け巡って、背中が弓なりになる。胸を大きく動かして荒い呼吸を繰り返し、ぐったりとベッドに四肢《しし》を投げ出した。

「はぁ、は、ぁっ、はぁあんっ！」

絶頂の余韻に浸っていると、突然ぬぷっと中に指が入ってきて目を目開く。

油断していたところに指を挿《い》れられて、またイッてしまった。立て続けの絶頂に私が動けないでいると、彼はキスをしてきた。口の中に舌が入ってきて、唾液をまとった舌が強引にすり合わされ吸われる。テオさんはキスを深めながら、ゆっくりと指を動かしてきた。長い指が奥まで入ってきて、内壁《ないへき》を擦《こす》り上げられ腰が浮く。

「……ぁ、だめっ……！」

「ダメじゃないよ。しっかり慣らそうね」

次は宥《なだ》めるような優しいキスをしながら、恥骨の下を擦《こす》り上げ、絶妙な力加減で奥をなぞった。隘路《あいろ》を押し広げられていく感覚に縋《すが》るようにテオさんのバスローブを掴《つか》む。

やっ、これだめ……！

「ひゃあ、んっ……あっ、や……待っ」

またキスが深くなる。口内に舌をねじ込まれて舌を吸われると、飲みきれなかった二人分の唾液が唇の隙間からあふれて顎《あご》をつたった。舌を吸われるたびに中が蠕動《ぜんどう》して、テオさんの指をキュッと締めつけてしまうのが分かる。その時、花芽をくにゅっと押し潰され、中に入っていた指が増やされた。

「あぁぁんっ……！」

激しく中を掻《か》き回され、蜜口がみっちりと引き伸ばされる。同時に花芽を捏《こ》ねながら、奥まで突き上げられて、強すぎる快感でちかちかと火花が散った。

「待っ、も……ああっ、また、またイッちゃっ……ふぁ、あんっ！」

全身が独特の浮遊感に包まれて、ドッと力が抜ける。ぐったりとベッドに体が沈むと、そんな私の唇に優しいキスが降ってきた。

「久しぶりだからか、今日のミーナは感じやすいね。いっぱいイッてくれて嬉しい」

「い、言わないで……」

「どうして？」

彼は恍惚《こうこつ》の表情を浮かべて、何度もチュッチュッと優しいキスをしながら、テオさんが不思議そうに尋ねる。

「だって……恥ずかしいの……」

「恥ずかしがらなくていいよ。そりゃ恥ずかしがっているミーナはもちろん可愛いけど、今日はそんなこと考えないでもっと僕を求めてほしい。ミーナがわけも分からなくなるくらい乱れてくれるように頑張るね」

「ひあっ⁉」

そんなのいつも……と言おうとしたのと同時にテオさんが脚の間に体を滑り込ませて、花芽に吸いついた。唾液をたっぷりと纏《まと》わせ、舌で包み込むように転がされ、その強い刺激に体が仰《の》け反《ぞ》る。

「ああっ、やだ……あんっ、ぅっ」

彼はあふれる愛液すら取りこぼすのがもったいないとばかりに、じゅると愛液を啜《すす》り、膣口に舌を差し込んだ。

嫌っ、中に舌が……！　これ無理、我慢できなくなっちゃう……

「テオさっ、これやだっ……だめなの……」

中をぐにょぐにょと蠢《うごめ》く舌にイッてしまうと思った瞬間、舌が離れて、テオさんが体を起こす。

え？　どうしてやめるの……？

上手く回らない頭でテオさんを見つめると、彼は蜜口に硬い屹立《きつりつ》をぬるぬると擦《こす》りつけた。

「挿《い》れるよ」

「へ？　あっ、ああっ！」

とろとろに溶かされた蜜路を貫かれる痺《しび》れるような感覚が全身を駆け巡って、ギュッと彼に縋《すが》った。

「ん……ぁ、あんっ……ふぁっ」

緩やかに腰を打ちつけながら、内壁《ないへき》を引っ掻《か》くように擦《こす》り上げられ掻《か》き混ぜられると、変になりそうなくらい気持ちが良かった。最奥を彼のものでノックするみたいにとんとんと小突かれると、目の奥が明滅を繰り返す。

「可愛い。もっと乱れて」

彼はそう言いながら、両方の胸の先端をキュッと摘《つま》んだ。その刺激のせいで彼の屹立《きつりつ》を締めつけてしまうと、テオさんがクスッと笑って耳元に唇を寄せて囁いてくる。

「ミーナって胸を弄《いじ》りながら奥を突くと、いい反応するよね。両方されるの好きかい？」

「好きぃ……あっ、ああ……そこ、ぐりぐりしちゃ……また、イッちゃ……ふぁああんっ」

最奥を柔らかくほぐすように奥を優しく刺激しながら、腰をグラインドさせる。頭の中も体もとろとろに溶かされて、羞恥心なんてどこかに飛んでいってしまった。

二人の性器が擦《こす》れ合う快感の中で、多幸感に包まれる。うっとりと目を閉じた途端、ギリギリまで引き抜かれて擦《こす》り上げるように穿《うが》たれて目を見開く。

「――っ！　はうっ、ぁ……待っ、イッたの……ゆっくりぃ……」

「ごめん、ミーナ。余裕ないんだ。強く奥を突かないように気をつけるから許して」

彼は眉間に皺《しわ》を寄せ快感に苛《さいな》まれているような表情で、腰を振り続けた。その余裕のない姿が愛おしく嬉しい。抱き締めてあげたいけど、彼の熱い屹立《きつりつ》に穿《うが》たれてそれどころじゃなかった。あまりにも大きな快感にはくはくと息をする。

「ひぅっ、あ、テオさっ……愛してる、ああっ！」

「僕も愛してるよ……！」

8

「ここがトリエステ……」

私は万感の思いで、断崖に佇《たたず》む白亜の城――ミラマーレ城を眺めた。どこまでも続く青い空。眼下には青く澄み渡ったアドリア海。青と白のコントラストが信じられないくらいに美しいお城だ。

ここに来るまでに本当に色々なことがあった。あの日、ミラノから去った時はこんなにも満たされた思いでここを訪れる日が来るなんて考えもしなかった。

私はお腹をさすりながら、テオさんの肩に寄りかかった。

私たちはクリスマスの時期を選んで、テオさんの故郷――トリエステへ来ていた。結婚式の前にテオさんの両親に挨拶がしたかったことやこれから住むところを自分の目で見てみたかったこともあり、安定期の今ならと足を運んだのだ。

式場は来年の二月初旬に、この前見学したところを押さえてもらったし、以前お世話になった神父様も来てくれることになった。

「すごく幸せ……」

「僕もだよ」

「テオさん、ありがとう。あなたの故郷に連れてきてもらえて嬉しい。これからここに住むんだと思うと、なんだか胸がいっぱいになるわ」

ミラノとはまた違った風情があって自然豊かで、ここに住めるなんてちょっと感動かも。

日本では観光地としてあまり馴染みがないトリエステだが、美しいアドリア海の穴場スポットとして、密かに人気らしい。知られざる美しい都市と謳《うた》われる通り、魅力が盛りだくさんだ。

「気に入ってくれて嬉しいよ。ずっと君を連れてきたかったんだ。治安もいいから、ミーナでも安心して散策を楽しめると思うよ」

彼の言葉に私は顔を引きつらせた。そして視線を逸《そ》らす。

出会いが出会いなのでテオさんの心配は分かるが、さすがに同じ轍《てつ》は踏まないつもりだ。困っている人がいたとしても、地面に荷物を放り出すなんてことはしないで、しっかりと手で荷物を持って助ければいいのよ。私は心の中で頷《うなず》きながら、敢《あ》えて話を変えた。

「そ、そういえば、トリエステにはテオさんのホテルはないの？　会社だけ？」

「もちろんホテルもあるよ」

テオさんがスマートフォンを出して、そのホテルのページを見せてくれる。最高級や高級というイメージが強いトリエステホテルには珍しく中級クラスだった。

「ここなら頑張れば私でも泊まれそう」

「泊まりたいのかい？」

ポツリと呟《つぶや》くとテオさんが笑った。聞き返されたことで、考えていたことを口に出していることに気がついて、慌てて自分の口を手で覆う。

「そういうわけじゃなくて……。ほら、他のトリエステホテルは私のお給料じゃ逆立ちしても泊まれなかったから……。だからここはって……。うう、違うの」

「大丈夫。分かっているよ」

必死に言い訳をしながら、テオさんの胸に顔を隠すように埋《うず》めると頭を撫でてくれる。彼は恥ずかしがる私の姿に目を細めて、くつくつと笑っている。

「トリエステはローマやヴェネチアなどといった所謂《いわゆる》イタリアを代表する観光地と比べると物価が安いんだ。もちろんハイエンドホテルがないわけじゃないけど、ミドルやエコノミーのほうがいいというのが僕の考えかな」

「へぇ、そうなんだ」

私はふむふむと頷《うなず》きながら、テオさんと歩き出した。彼はミラノの時と同様に案内してくれる。

庭園を見て回ってから城内に入った時、少し意地悪な顔をしたテオさんが私の耳元に顔を寄せて笑った。

あ、少し嫌な予感……

「様々な国に統治された歴史を持つトリエステだが、特にオーストリア――ハプスブルク家の影響が街の至るところに色濃く残っている。それはこの城も例外じゃない。そう。この城にはハプスブルク家の呪いがかかっているんだ」

「え？」

こんな美しい城に似つかわしくない言葉が聞こえてきてギョッとしている私をよそにテオさんは楽しそうに話し始める。私を怖がらせようと思っているのかもしれない。

嫌な予感が現実のものとなって、私は身構えた。

「な、何の呪い……？」

「兄であるオーストリア皇帝に疎《うと》まれ、隠棲《いんせい》するために建てたのがこのミラマーレ城なんだけど、城の主である大公はほどなくして非業《ひごう》の死を遂げてしまうんだ」

「それもお城が原因なの……？」

「いや、大公の死に城は関係ない。けれど、彼の妻は愛する夫の死で心を病んでしまった。彼女が亡くなって以降、この城は持ち主を代えたが、そのすべての者が次々に不幸になったと伝えられているんだ。まるで妻が愛する夫を奪われた……、えっ？　ミーナ？」

それを聞いた途端、勝手に涙がボロボロとあふれてきた。そんな私を見てテオさんが目を見張る。

「すまない、ミーナ。思った以上に怖がらせてしまったようだ」

「ち、違うの……。最愛の人を失い、心を病んでしまった気持ちが……分かるの。私だってテオさんを失ったら耐えられないから」

しかも愛する人が悲惨な最期を遂げたなんて聞いたら、きっと正気ではいられないだろう。ここにあるのは呪いなんかじゃなくて、愛する人を失った大公妃の悲しみなんじゃないのかなと思った。

私は慌てているテオさんにギュッと抱きつき、眼下に広がるアドリア海を複雑な思いで見つめた。

小ウィーンと呼ばれ一見イタリアっぽくない街——トリエステ。永き歴史の中で、この美しい海はきっとトリエステの……ううん。北イタリアの色々なことを見てきたのだろう。良いことも悪いこともすべて——

「急に泣き出しちゃってごめんなさい。妊娠してからというもの、涙脆《もろ》くなっちゃって……」

「すまない。考えが足りなかった」

「テオさんが悪いわけじゃないんだから、もう謝らないで」

その後は謝り倒してくるテオさんに何度も「もう大丈夫」と伝えながら海沿いをドライブし、ヨーロッパ最大の海辺の広場と呼ばれるウニタ・ディタリア広場へ向かった。

「テオさん、そろそろ元気出して。ほら、美味しそうな屋台がいっぱい出てるよ。何がおすすめ？」

「……おすすめはシーフード料理かな。港町だからね。でも生ハムやチーズも美味しいよ」

広場に向かうまでの道中、ずらりと並ぶ屋台に心が躍る。地中海料理だけじゃなく、豪快なお肉料理もあって、ついつい目移りしてしまう。

「あとはコーヒーもおすすめかな。トリエステはコーヒーの街とかカフェの街とも呼ばれているんだよ」

「へぇ！」

それは是非飲んでみたい。ノンカフェインのものもあるかしら？

テオさんはドイツの詩人やアイルランドの作家などをはじめ、各国の文豪が集う国際的なカフェの街として発展したトリエステについて教えてくれる。

そんなにすごい街なのに、日本で知られていないなんてもったいないわよね。

話をしていると、すぐにウニタ・ディタリア広場に着いた。

「わぁ、すごい！」

広場は、三方を歴史ある建物に囲まれているせいか優雅だけど重厚感があった。だが残りの一方は海に面しているので開放感もある。

私は心地良い海風を感じて目を瞑《つむ》った。すると、テオさんが海を眺めながら、ポツリと呟《つぶや》く。

「ああ、夢みたいだ」

「え？」

「自分の原点とも言うべき場所で、愛する人と我が子と過ごせるなんてこの上ない喜びだなと思って。ジョイアにとってもトリエステが良い場所になるといいな」

テオさん……

照れくさそうに笑う彼に胸がギュッと締めつけられる。

「必ずそうなるわ。それに私もすごく幸せよ。一度は逃げてしまったけど、あの時からテオさんとの日々は宝物なの」

「ありがとう。ミーナがいつも言うように——神がくれた贈り物。そう感じずにはいられないよ」

その後はお互い何も言葉を交《か》わさず、手を繋いでサン・ジュスト城へ向かった。

胸がいっぱいで言葉が出てこなかったのだ。でも何も話さなくてもテオさんの隣は心地良い。

「ここがサン・ジュスト城。すごい……！」

歴史上の名だたる城のように絢爛豪華ではないが、テラスからトリエステの街並みがほぼ三百六十度見渡せる。

私が目を輝かせていると、テオさんが景色を見つめながら私の肩を抱いた。

「トリエステは、見所が中心部にまとまっていて、非常に観光がしやすい街だ。ミラマーレ城以外は基本的に徒歩で回ることができるし、もし道に迷ってもアドリア海が目印になってくれる。街に慣れないうちからでも方向感覚が掴《つか》みやすく、街歩きがしやすい。とても良い街だよ」

テオさんの言葉にコクコクと頷《うなず》く。

ジョイアが産まれたら、のんびり海辺の遊歩道を歩いたり、食べ歩きを楽しんだり、色々と楽しめそうだ。

「じゃあ、そろそろ行こうか」

「う、うん……」

いよいよだわ！

やっとテオさんの両親に会える。そう思うと緊張とワクワクが入り混じった。

＊＊＊

どどど、どうしよう……！

私みたいな庶民がテオさんと結婚だなんて、実のところ彼の両親はどう思っているんだろうか。テオさんは喜んでいるって言っていたけど、やっぱり良家のお嬢様がいいって言われたらどうしよう。いざご対面となると、自分の場違い感に怖気《おじけ》づいてしまう。

テオさんの実家は市内の喧騒《けんそう》から離れたところにあった。見事なイタリアンガーデンが美しく、家の中も半螺旋《らせん》形状になった大階段があったりと大豪邸という言葉が相応《ふさわ》しい。

さらに通された応接室も立派すぎて落ち着かないが、テオさんがお金持ちなのは分かっていたことだ。彼とこれから先も一緒にいたいのなら、ここでびくついているわけにはいかない。私は精一杯の笑顔を貼りつけた。でも体は強張《こわば》ったままだ。

ガチガチに緊張している私とは違い、目の前に座っているテオさんのご両親――トリエステホテルグループの会長夫妻はとてもにこやかに微笑んでいる。

ちゃんと気に入ってもらわないと。好印象を持ってもらうんだ。

私はテオさんが紹介してくれている横で、心の中で拳《こぶし》を握り締め柔らかく微笑み返した。

「はじめまして、清瀬美奈と申します。どうぞ、よろしくお願いいたします」

イタリア語で挨拶をし頭を下げると、テオさんの母親――ミネルヴィーノ夫人が私の手を取った。

「やっとテオが身を固めてくれるって言うから、とても楽しみにしていたの。とても可愛らしい方ね。お会いできて嬉しいわ。私たちもテオと同じようにミーナちゃんと呼んでいいのかしら？」

「ありがとうございます。はい、もちろんです。皆さんの好きなように呼んでいただければ嬉しいです」

「じゃあ、私たちもそう呼ばせてもらうわね。お腹が大きい中、大変だったでしょう。気楽にしていてね、ミーナちゃん」

良かった。愛称で呼んでもらえるあたり、どうやら歓迎されているみたいだ。

私が安堵の息を吐くと、今度は会長が口を開いた。

「可愛い人だな。テオフィロは日本人女性が好きだったのか。どこで知り合ったんだ？　やはり日本か？」

「知り合ったのはミラノでだよ。彼女はとても素晴らしいんだ。日本人とかイタリア人とか関係ない。ミーナだからいいんだ」

そしてテオさんは私との出会いを語り始めた。あまりにも大袈裟に話すので、つい「誰の話？」と突っ込みたくなるくらいだ。テオさんが話をふくらませるせいで、会長が「ミーナさんは愛他主義なのだね」と感心している。

私は思いきり首を横に振って、テオさんの肘あたりを指でつつき、ひそひそ声で話しかけた。

「テオさん、美化しすぎてない？　私、そんなにもご大層なことをした覚えなんてないわ。ただ道案内をして、迷子になってしまった子のママを探そうとしただけで……。その結果、荷物を失ってテオさんに保護されたけど……」

「美化なんてしていないよ。愛他主義は言いすぎかもしれないけど、困っている人を放っておけないミーナはやはり素晴らしいよ。それに空港での君は本当にミューズが降り立ったように見えたんだ」

「……」

ニコニコと笑うテオさんに顔を引きつらせる。

一体どこまで本気で、どこからが冗談なのかまったく分からない。

私が肩を落とすのを見て、夫人がクスクスと笑った。

「気にしないでね、ミーナちゃん。うちの男たちは好きな人を褒め倒さなきゃ生きていけないタイプなの。話半分くらいに聞いとけばいいから。何だったら適当に流してしまいなさい」

「え？」

「私の妻は素敵な女性《ひと》だろう」

そう言い切る夫人にびっくりしていると、会長が豪快に笑う。

「実は妻は、私が仕事をサボって秘書から逃げている時に出会った人なんだ。事情を知るなり、めちゃくちゃ叱ってくれてね。その後も何だかんだと世話を焼いてくれ、気がついた時には惚れていたんだ。彼女なしでは仕事もプライベートも成り立たない。彼女がいるからこそ、私は仕事を頑張れるんだよ」

夫人の手を握って柔らかく微笑む会長に、本当に二人が愛し合っていることが分かる。あと、会長が尻に敷かれているのもなんとなく分かってしまった。

「ごめんなさいね。この家とかホテルとか驚いたでしょう？　私もミーナちゃんと同じ普通の家の出だから、最初は尻込みしちゃったわ。だからあなたの気持ちはよく分かるの。でも、心配するようなことは何もないから安心してね」

「私は生まれなどより、曇りのない心で息子を愛してくれるかどうかのほうが気になる。その点、君なら大丈夫そうだな」

二人にそう言ってもらえて、強張《こわば》っていた体からドッと力が抜ける。

そっか、この方々は生まれや肩書きを気にしないのね。テオさんから聞いてはいたが、実際こうやって会えて、結婚と妊娠を祝福してもらえる。順調すぎて怖いくらいだ。

私が小さく息を吐くと、テオさんがほら大丈夫だっただろうという目で微笑みかけてくれる。頷《うなず》きながら私も同じように微笑み返した。

「そういえば、もう観光したのか？　トリエステはオーストリアの影響も受けているが、イタリアらしさとアドリア海を見事に調和させた街でもある。だが、天気が悪いと魅力が五十パーセントくらい減るんだ。そこが残念なところだな」

青い空と透明度の高い海が見られてこそだと言う会長の横腹を夫人が肘で突く。

「ごめんなさいねぇ、変なこと言って。住んだら良いところも悪いところもそりゃ見えてくるわよ。

引っ越してきてから、ゆっくり見て回ればいいわ」

「あ、でも、もう色々案内してもらったんです」

「あら、そうなのね。じゃあ、このあとは海辺を散歩でもしながら夕日を見ればいいわ。今日は天気がいいから、とても綺麗よ」

「はい、そうします」

そういえばテオさんも海に沈む夕日を一緒に眺めたいと言っていた。

話しているとちょうど良い時間になったので、テオさんが立ち上がった。手を繋いで玄関に行くと、会長たちが「いってらっしゃい」と言ってくれる。

「ハァッ、緊張した！」

でもテオさんのご両親に歓迎してもらえて本当に良かった……！

家を出た瞬間、大きく息を吐くとテオさんが笑いながら、私の頭を撫でる。

「これからはテオさんのご両親とご近所さんになるんだから、もっと仲良くなれたらいいな」

「ご近所さんにはならないよ。ここは実家ではあるけど、父と母は普段はフランスにいるんだ。ここに住んでいるのは僕だけだよ」

「え？　そうなの？」

「うん。だから住むのはこの家になるけど、同居にもならないしご近所さんにもならないよ」

「そういうことは早く言って！」

わざわざ今日のために帰って来てくれたのだとこともなげに言うテオさんに、私は思わず叫んだ。

うう、どうしよう。それならわざわざ足を運んでくれたことにもお礼を言わなきゃならなかったじゃないの。

私が頭を抱えながらブツブツ呟《つぶや》いていると、テオさんが私の手を引いて歩き出す。

少し歩いて海が見えてくると、目の前に広がる絶景に息を呑んだ。

「綺麗！」

空と海がオレンジ色に染め上げられている光景は、昼間とは違ったノスタルジックさがあって言葉を失うほどに美しい。

「ミーナ……」

私が夢中になって見ていると、テオさんが囁くように名前を呼ぶ。そして彼の手が私の頬に伸びてきた。その手が緩やかにすべり次は唇をなぞられると、一気に心拍数が上がった。

「テオさん、待って！　見なくていいの？」

「見てるよ。夕日に照らされた君は何より美しい」

彼の瞳の中に困惑し動揺する自分が映っていると感じた時、グッと腰を抱き寄せられ唇が奪われた。

「っ……！」

抱き込まれて唇の合わせ目をこじ開けられ、口の中に舌が入ってくる。その彼の行動に目を見開いた。

ちょっと待って！　他にもサンセットを見にきた人がいっぱいいるのに！

「やっ……やぁ、人がいるのにっ」

「大丈夫だよ。皆も似たようなものだから」

え……？

その言葉に彼の胸を押してキョロキョロ周りを見回すと、男性の肩に頭をのせてうっとりと見ている女性が目に入る。他には抱き合っているカップルや私たちのようにキスしているカップルもいた。

さすがアモーレの国――イタリア。いちゃいちゃしていても誰も気にしないらしい。それともクリスマスが近いからなのだろうか。

「ねぇ、ミーナ。次はヴェネツィアで日没を見ようか？　日没時にゴンドラに乗って、ため息橋の下でキスをしたカップルには永遠の愛が約束されるというジンクスがあるんだ」

え？　永遠の愛が約束される？

なんて素敵なジンクスなんだろう。私は熱くなった胸を押さえながら、何度も頷《うなず》いた。

私もテオさんとの永遠の愛を約束されたい！

「決まりだね。こっちに引っ越してきたら、ヴェネツィアに遊びに行こう」

「ふふっ、楽しみが一つ増えた」

嬉しくて自然と顔が綻《ほころ》ぶ。私が笑っていると、テオさんがまたキスをしてきた。観念して目を閉じると、舌を絡められ軽く吸われる。

「テ、テオさん！　こういう時は唇に軽く触れる程度で……」

「恥ずかしい？　じゃあ、このあとは二人きりでゆっくりキスしようか」

「〜〜〜っ！」

その後はアドリア海で取れた海の幸を堪能したあと、トリエステホテルに泊まった。昼間、私がボソッと呟《つぶや》いたことを覚えてくれていたのだと思うと感極まって、また泣いてしまう。

妊娠中は涙脆《もろ》くて本当に困る……

二十五日のクリスマス本番はミサへ行ったり、テオさんの家族と食事をしたりして、皆で一緒に過ごした。そしてトリエステにいるうちにテオさんの所属教会で結婚式についての手続きを行い、魔女ベファーナが良い子にお菓子をくれるという一月六日の公現祭を過ごしてから、私たちは日本に帰った。

＊＊＊

トリエステから帰ってきて一ヵ月後。二月初頭に私たちは片岡グループの持つ式場で結婚式を挙げることになった。もちろんテオさんがカトリック信者であることやお世話になったカトリック教会の神父様を招くこともあって、カトリック式に準じている。

真っ白な大理石のヴァージンロードには赤い絨毯《じゅうたん》が敷かれ、祭壇には十字架にかけられたイエス様の像とマリア様の像が設置された。新郎新婦双方から結婚の立証人を八名立てたり、教会からNGが出ないように肌見せの少ないウェディングドレスを選んだりと、私が思い描いていた結婚式よりもずっと準備が大変だった。

私は控室で何度も息を吸って吐いた。緊張でガチガチだ。

うう、いよいよね。ちゃんとできるかしら。

でも失敗するわけにはいかない。この日のために色々な人が心を砕いてくれたのだ。

頑張らなきゃ！

グッと拳《こぶし》を握り締めていると、背後からクスクスという笑い声が聞こえた。振り返ると、準備を終えたテオさんが壁に凭《もた》れかかりながら楽しそうに笑っていた。

「テオさん⁉　いつからそこに？」

「十分前くらいからかな。ずっとミーナがしてる百面相を見ていたんだ」

十分も……？　ひどい、見てないで声をかけてくれればいいのに……

私はじっとりとした視線でテオさんを睨《にら》んだ。すると、私とテオさん以外誰もいないことに気づく。

「あれ？　メイクさんやスタイリストさんは？　それに式場のスタッフさんもいないわ」

「僕が入ってくる時に二人きりにしてほしいとお願いして、少し外してもらったんだ」

嘘……。緊張で色々と考え込んでいて気がつかなかった！

がっくりと項垂《うなだ》れるとテオさんが近づいてきて、私の手を優しく握った。顔を上げると、優しく微笑んでいる彼と目が合う。

「そんなに気を張らなくても、ちゃんと結婚講座に通ったんだし絶対に大丈夫だよ」

「そうなんだけど……。でもやっぱり緊張しちゃうの」

確かにたくさん結婚講座に通った。実際は四回くらいでいいらしいのだが、不安だった私は倍くらい通ったと思う。そのおかげか、今では神父様ととても仲良しだ。

それにイタリアの教会で本格的に式を挙げるとなれば、もっと大変だっただろう。神父様は私の妊娠や儀式に慣れていないことを色々考慮してくれている。

色々な人に守られて励まされて今日がある。だから緊張しないで前を向かなきゃ。だってテオさんと歩んでいくこれからに不安なんて何一つないもの。

私がテオさんを見つめると、彼は私の手のひらを指でなぞった。

「日本には手のひらに『人』という字を書いて飲み込むと緊張が和らぐおまじないがあるって聞いたよ。ミーナも試してみたら？」

「……」

そんなことで緊張がなくなったら誰も苦労しない。そう言いたかったが無邪気に私の手のひらに『人』を三回書くテオさんに何も言えなかった。素直にその書いてもらった文字を飲み込む。それを確認したテオさんが満足そうに微笑んで、ベールをおろした。

「ミーナ。キスしようか」

「え？」

「従来の日本の結婚式のように式中にキスがないからね。だから今しておこう」

そう言ったテオさんは私が返事をする前にベール越しにキスをした。布越しなのにとても熱くて、くらくらしてしまう。

ああ、幸せ。もう二度とこの人の手を離したりなんてしない。この人とだから、私は幸せになれるのだ。

その後、テオさんと一緒にチャペルへ向かうと、神父様が始まる前に挨拶にきてくれた。

「美奈さん、テオフィロさん、おめでとうございます。この佳《よ》き日に立ち会えることを喜ばしく思います」

「ありがとうございます、今日はよろしくお願いいたします」

「出会った時のような涙はもうおしまいですね。これからはお二人の未来が幸せに満ちた日であることを祈っています」

「ありがとうございます」

「頑張って。失敗しても大丈夫ですからね」

ペコリと頭を下げると、神父様があの日と同じ笑顔で笑いかけてくれる。

優しい。とても優しい方だ。

胸がじーんと熱い。私は胸元を押さえて神父様の背中を見ていた。すると、テオさんが私の肩を抱く。

「そうだよ、ミーナ。多少の失敗くらい、皆でカバーできる。日本での結婚式を選んだ一番の理由はミーナに負担をかけることなく、君が楽しんで結婚式を挙げられるようにだ。だから怖がることなんてない」

「うん、ありがとう」

「待って、ミーナ。泣くのは早いよ」

「だって……」

テオさんは少し困った顔でベールを上げて涙を拭《ぬぐ》ってくれる。

神父様の優しさに感激しているところにテオさんが追い打ちをかけるから、感極まってしまったのだ。

ボロボロと泣いてしまったので崩れたメイクを直してもらわなければならなくなり、私たちは予定よりも少し遅れてチャペルに入った。結婚式が始まると、神父様の朗々《ろうろう》とした声がチャペル内に響く。

「テオフィロ・ミネルヴィーノさん、清瀬美奈さん、教会はご親族、ご友人の方々と共に、お二人の喜びに預かり心からお祝い申し上げます。今日、私たちの父である神の前でお二人は生涯を共にする絆を結ばれます。この佳《よ》き日に、神がお二人の愛を強め、豊かな恵みを注ぎ守ってくださいますように。そして神がお二人の願いを叶え、祝福で満たしてくださいますように」

神父様はとても穏やかな表情で祝いの言葉をくれる。そして、聖書を朗読した。それを聞きながら、テオさんと出会ってからの色々な出来事が頭の中を巡ってまた泣いてしまいそうになる。

「ミーナ、もう少し頑張ろうね」

私が鼻を啜《すす》っていると、テオさんが耳打ちしてくれる。小さく頷《うなず》いて、背筋を正し前を見つめた。

泣いちゃダメ。しっかり前を向いてマリア様とイエス様に今日のことを報告し、テオさんへの愛を誓うのよ。

私が決意を固めていると、神父様の聖書の朗読が終わる。すると、いよいよ結婚の儀だ。

「テオフィロ・ミネルヴィーノさん、清瀬美奈さん、お二人はここに集う私たちの前で結婚の意志を、聖なるしるしによって固めていただくためにおいでになりました。今日お二人の愛は神の祝福で深められ、いつまでも互いに忠実を守り、夫婦としての務めをすべて果たしていくことができるようになるのです。お二人は自ら進んでこの結婚を望んでいますか？」

「はい、望んでいます」

「結婚生活を送るにあたり、互いに愛し合い、尊敬し合う決意を持っていますか？」

「はい、持っています」

テオさんと一緒に神父様の問いかけに、しっかりと答えていく。

「お二人は今から私たち一同の前で結婚の誓約をなさるのですが、あなた方は互いに愛と忠実を持って、生涯この誓約を守り育てていく決意を持っていますか？」

「はい、持っています」

「あなた方は恵まれる子供を、まことの幸せに導くように育てますか？」

「はい、育てます」

お腹をさすりながら、テオさんと手を繋ぎ答える。すると、神父様が微笑みながら頷《うなず》き、こう言った。

「それでは、神と私たち一同の前で結婚の誓約を交わしてください」

いよいよ誓いの言葉だわ。私は息を呑んだ。

「ミーナ、僕はあなたを妻として迎えます。喜び、悲しみ、苦しみを共にし、夫として生涯、あなたを愛し敬《うやま》うことを誓います」

テオさんが練習の時のように『美奈さん』ではなく、いつものように『ミーナ』と呼んでくれることが、すごく嬉しかった。込み上げてくる感情を抑えながら、私も誓いの言葉を紡《つむ》ぐ。

「テオフィロさん、私はあなたを夫として迎えます。喜び、悲しみ、苦しみを共にし、妻として生涯、あなたを愛し敬《うやま》うことを誓います」

「それでは一緒に誓いを立ててください」

「私たちは夫婦として順境にあっても逆境にあっても、病気の時も健康の時も、生涯互いに愛と忠実を尽くすことを誓います」

私たちの誓約を確認した神父様が、高らかに結婚成立の宣言をした。

「私はお二人の結婚が成立したことを宣言いたします。お二人が今私たち一同の前で交《か》わされた誓約を神が固めてくださり、祝福で満たしてくださいますように」

これにより神が結んだ縁を、人間が分けることができなくなるらしい。

神父様は偶然などなく、すべて神様が与えてくれたきっかけだと言った。私もそう思う。今日に続く日々はすべて神様からの贈り物なのだ。

私が祭壇をしみじみと見つめていると、神父様が祝福の祈りと聖水で――指輪を祝福してくれた。遂に指輪の交換だ。

「ミーナ。この指輪は僕の愛と忠実のしるしだよ。受けてくれるかい？」

「はい！」

私も同じようにテオさんの左手の薬指に指輪をはめる。そして皆で一緒に聖歌を歌い、神父様が『主の祈り』を捧げてくれた。

「ミーナ。ジョイアの負担になるから跪《ひざまず》かないで」

「そうですよ。合唱して頭を下げるだけで充分なので」

私が祭壇の前で跪《ひざまず》こうとすると、テオさんと神父様に慌てて止められる。私はキョトンとしたままテオさんに支えられた。

「ごめんなさい。見せてもらった教本には跪《ひざまず》いて結婚の祝福を受けると書いてあったから……つい」

結婚講座でも跪《ひざまず》かなかったが、あれは練習だからだと思っていたのだ。私が頭を下げると、あんなにも厳《おごそ》かだった雰囲気が少し崩れた。

そっと客席を盗み見ると、夏帆と宗雅さんだけじゃなく皆が微笑ましそうに笑っていた。

は、恥ずかしい……

縮こまると、神父様が「では」と小さく咳払いをして儀式を続ける。

「ご列席の皆さん、お二人の上に神の祝福を願い、結婚の絆によって結ばれたこの二人を神が慈《いつく》しみ深く守り、助けてくださるよう祈りましょう」

その神父様の言葉で皆が祈ってくれる。そして結びの言葉で式の終わりが告げられ、私たちはオルガン演奏の中、退室した。

エピローグ

無事に結婚式が終わって本当に良かった。

とても大変だったしすごく緊張したが、終わってしまうと達成感と虚無感が混ざり合って不思議な感覚だ。

結婚式と披露宴が終わり、チャペルがあるホテルのスイートルームのソファーに身を沈めて一息吐いた。その時、ノックの音が聞こえて慌てて立ち上がる。

テオさんかしら？

実はテオさんはまだ招待した取引先企業の方々と話をしているのだ。もう終わったのかなと思い、いそいそと扉を開ける。でも、そこにはテオさんじゃなく夏帆がいた。

「あら、夏帆。どうしたの？」

「休んでいるところ、ごめんなさい。渡したいものがあって」

「渡したいもの？」

申し訳なさそうに部屋に入ってきた夏帆に紅茶を出して、一緒にソファーに座る。すると、夏帆がそわそわと部屋を見回した。

「あれ？　テオさんは？」

「テオさんはレナートさんや宗雅さんたちと、今日お招きした方々とお話し中よ」

「あ、そうなのね。良かった。いい雰囲気のところを邪魔しちゃったら悪いなと思ったんだけど、いないのね」

安堵の息を吐く夏帆につい笑ってしまうと、彼女が何かの包みと手紙を机の上に置いた。

何かしら？

「これは？」

「神父様から預かったの。本当は直接渡したかったらしいんだけど、結婚式のあとはバタバタしていたし、ゆっくり話ができなかったから……」

神父様から？　なんだろう？

包みを開くと、小さな箱が出てくる。その中にはマリア様のメダイがついたロザリオが入っていた。手を伸ばして宙にかざすとキラキラと煌《きら》めいて美しい。

「綺麗……」

「神父様、慣れない土地に嫁ぐ美奈のこと心配していたよ」

神父様の心遣いと夏帆の言葉で、涙がブワッとあふれてくる。目をぐしぐしと擦《こす》りながら手紙を開くと、そこには友人として私の幸せを祈っていると書いてあった。

神父様は出会ってからずっと私に優しく寄り添ってくれている。彼の優しい声を思い出しながら手紙を読むと、さらに涙があふれてきた。

私は手紙を濡らしてしまいそうなので、テーブルの上に置いて、ハンカチで涙を拭《ぬぐ》った。すると、夏帆が背中をさすってくれる。

「美奈は色々考え込んで我慢しちゃうところとかあるでしょ。神父様もそこを心配していたよ。もう二度とあの日のように泣かないことを心から願っているって言ってた」

「夏帆……」

「私もそう思う。困ったこととかあったら、ちゃんとテオさんに言うのよ。もしテオさんに言いづらかったら、時差とか気にしなくていいから、いつでも私に電話してきなさい」

「ありがとう……！」

親友の気遣いに泣きながら何度も頷《うなず》く。

私たちは、その後色々なことを話しながら抱き合っていっぱい泣いた。テオさんが部屋に戻ってきたことに気づかなくて夢中で泣いていたから、彼をとても驚かせてしまった。

「何だ、びっくりしたよ。また何かあったのかと思った……」

神父様がプレゼントしてくれたロザリオを見せながら、テオさんに泣いていた理由《わけ》を話すと、テオさんは大きな息を吐いて体から力を抜く。ちなみに夏帆はテオさんが来るやいなや「ごめんなさい！　初夜頑張って！」と逃げるように部屋から出ていった。

「びっくりさせちゃってごめんなさい」

「いや、大丈夫だよ。でも、何か問題が起きてなくて良かった」

「問題なんて起きないわ」

「問題は……突然起きるものなんだよ」

遠い目をして、しみじみとそう言うテオさんに変な汗が出る。

もしかして私が何も言わずに彼の前から立ち去ったことが彼の心の傷になっているのかしら。私は途端に心配になって彼に抱きついた。

「テオさん、ごめんなさい。私、もうあんなことしないわ。傷つけちゃってごめんなさい」

「ん？　いや、そういうわけじゃないよ。さっきまでレナートと仕事の話をしていたから……」

「え？　仕事？」

「うん。結婚式の日まで仕事の話ばかりで嫌になるよ。ミーナ、癒して」

甘えるようにすり寄ってくるテオさんの頭を撫でると、額《ひたい》にキスが落ちてくる。そして——

「そんなことより」

そう前置きをしながら、私を上目遣いで見つめてきた。

先ほどまで甘えるようだった瞳が、瞬時に捕食者のようにぎらついた瞳に変わる。その目に見つめられていると、体にしっとりと汗をかいてきた。

「ミーナ、体の調子はどう？　疲れてない？　もしまだ元気が残っていたら初夜がしたいな」

「……っ！」

しょ、初夜……！

彼の言葉にドクンと心臓が跳ねる。すると、私の動揺を悟ったようにテオさんがニヤリと笑った。

今まで何度もしているのに初夜と聞くと神聖なものに思えて、ドギマギしてしまう。

私が顔を真っ赤にしてもじもじしていると、テオさんの唇が私の耳の縁《ふち》をなぞった。

「ミーナ」

「わ、私もテオさんに抱かれたいです。初夜、しましょう……！」

「ありがとう。じゃあ、ジョイアに負担がかからないように愛し合おうか」

息を吹きかけるように囁かれ、ベッドまで優しく運ばれる。そしてお腹に負担がかからないようにたくさんの枕に凭《もた》れかからせてくれた。「ありがとう」と言おうとした瞬間、テオさんがベッドのヘッドボードに手をついて、まるで閉じ込めるみたいにキスをした。

「んっ……っんぅ」

「ミーナ。必ず幸せにする。もう二度と不安にさせるようなことはないと誓うよ」

「う、うん……わ、私も……テオさんを、幸せにっ、んぁっ……！」

返事がしたいのに、話そうとするたびに言葉がキスに呑み込まれていく。私は喋るのをやめて目を閉じ、テオさんの首に手を回した。

――マリア様、テオさんと出会わせてくださってありがとうございました。私はこの奇跡をこれからも胸に抱いて、彼とこの子と幸せに生きていきます。

この作品に対する皆様のご意見・ご感想をお待ちしております。

おハガキ・お手紙は以下の宛先にお送りください。

【宛先】

〒150-6008 東京都渋谷区恵比寿4-20-3 恵比寿ｶﾞｰﾃﾞﾝﾌﾟﾚｲｽﾀﾜｰ 8F
（株）アルファポリス　書籍感想係

メールフォームでのご意見・ご感想は右のＱＲコードから、
あるいは以下のワードで検索をかけてください。

アルファポリス　書籍の感想　検索

ご感想はこちらから

本書は、「アルファポリス」（https://www.alphapolis.co.jp/）に掲載されていたものを、
改題、改稿、加筆のうえ、書籍化したものです。

諦《あきら》めるために逃《に》げたのに、お腹《なか》の子《こ》ごと溺愛《できあい》されています
〜イタリアでホテル王《おう》に見初《みそ》められた夜《よる》〜

Adria（あどりあ）

2023年6月25日初版発行

編集－木村 文・森 順子
編集長－倉持真理
発行者－梶本雄介
発行所－株式会社アルファポリス
〒150-6008 東京都渋谷区恵比寿4-20-3 恵比寿ｶﾞｰﾃﾞﾝﾌﾟﾚｲｽﾀﾜｰ8F
TEL 03-6277-1601（営業） 03-6277-1602（編集）
URL https://www.alphapolis.co.jp/
発売元－株式会社星雲社（共同出版社・流通責任出版社）
〒112-0005 東京都文京区水道1-3-30
TEL 03-3868-3275
装丁イラスト－浅島ヨシユキ
装丁デザイン－AFTERGLOW
（レーベルフォーマットデザイン―ansyyqdesign）
印刷－中央精版印刷株式会社

価格はカバーに表示されてあります。

落丁乱丁の場合はアルファポリスまでご連絡ください。

送料は小社負担でお取り替えします。


ISBN978-4-434-32170-2 C0093